Café sans filtre

Du même auteur

Un si petit monde, Buchet/Chastel, 2021
Il est encore temps, Actes Sud Junior, 2020
La Grande Escapade, Buchet/Chastel, 2019
Dancers, Actes Sud Junior, 2018
La Mise à nu, Buchet/Chastel, 2018
Le Groupe, Actes Sud Junior, 2017
Mariages de saison, Buchet/Chastel, 2016
La Coloc, Actes Sud Junior, 2015
Double Jeu, Actes Sud Junior, 2013
6 h 41, Buchet/Chastel, 2013
Brise-glace, Actes Sud Junior, 2011
Et rester vivant, Buchet/Chastel, 2011
G229, Buchet/Chastel, 2011
(Re)play !, Actes Sud Junior, 2011
Le Baby-sitter, Buchet-Chastel, 2010
2010 : Blog, Actes Sud Junior, 2010
Qui vive ? (d'après des photos de Florence Lebert), Thierry Magnier, 2010
À contretemps, Robert Laffont, 2009
Au rebond, Actes Sud Junior, 2009
This is not a love song, Robert Laffont, 2007
Un endroit pour vivre, Actes Sud Junior, 2007
Passage du gué, Robert Laffont, 2006
Un minuscule inventaire, Robert Laffont, 2005
Juke-box, Robert Laffont, 2004
1979, éditions Delphine Montalant, 2003
Accès direct à la plage, éditions Delphine Montalant, 2003

Illustration de couverture : © Charles Berberian

Collection Proche
26, rue Jacob, 75006 Paris
Tél. : 01 42 17 47 80

Jean-Philippe Blondel

Café sans filtre

PROCHE

À ma femme et à mes filles, pour tout.
À Sylvie et Chloé, pour l'inspiration.

À Jacob, Alberto, Christophe, Jean-Claude, Christine, Laurent, Géraldine et Anaïs, pour la vie sauve.

À celles et ceux qui sont venu·es arpenter les Viennes avec moi dans cette étrange parenthèse temporelle – Jean-Marc, Nelly, Franck, Laurent, Yasmine, Fabien, Cécile, Valérie, JP, Claude, Willy, Isabelle P., Isabelle W., Olivier F., Élisabeth, Olivier D., Jacqueline, Gilles, Véronique M., Fabienne, Bastien, ainsi qu'à Pascale pour ses coups de fil quotidiens.

Et puis à Suzanne Vega, bien sûr.

« Courage, on est tous reliés
mais on oublie de s'en souvenir. »

Nicolas Bouvier, *Chroniques japonaises*

9h00

Chloé Fournier, 31 ans – table n° 8

(salle du fond, à gauche, baie vitrée)

Je suis un parasite.

C'est exactement ce que José, le serveur, doit penser. Il fait claquer sa serviette sur son épaule et pousse des soupirs excédés, mais il n'a pas encore menacé de me jeter dehors. Honnêtement, ce serait ridicule : depuis que j'ai trouvé refuge ici, la salle n'a jamais été qu'à moitié pleine.

Les clients reviennent à l'intérieur, oui, mais avec méfiance. Ils tiennent leur masque à portée de main et le touchent nerveusement. La jauge sanitaire est tombée et on peut se réunir à douze ou à quinze si cela nous chante. Le souci, c'est qu'on évoque beaucoup ce nouveau variant à qui l'on a donné une lettre grecque mais qui évoque quand même l'Inde, les éléphants majestueux, Bollywood et les villes surpeuplées.

Sur la terrasse, en revanche, c'est souvent bondé. On a compris qu'on ne risquait presque rien à l'air libre, que les gouttelettes s'envolaient au gré du vent et qu'elles n'allaient pas contaminer nos épidermes. Elles sont déconfinées, elles aussi, et immatérielles. Pourtant, les rires et les éclats de voix sont encore discrets. La faute à un début d'été maussade, des cieux menaçants, des orages diluviens. À la sortie du tunnel, aussi. On plisse les yeux. On tâte la clarté du jour. Les différents couvre-feux nous ont habitués à nous comporter en souris domestiques. Nous trottinons chez nous la nuit, sans pointer notre museau à l'extérieur.

C'est pareil pour les conversations. Elles sont souvent *mezza voce*, de peur de réveiller les démons de Wuhan ou d'ailleurs. Du bout des lèvres, on ose prononcer le mot « vacances » mais on l'accompagne d'une moue qui signifie que, comme l'an dernier, ce ne seront pas des congés habituels. On attend de voir. On attend tous de voir.

Sauf moi.

Assise sur ma banquette en skaï, je n'attends rien. J'observe. La façon dont les hommes et les femmes se comportent. Ceux qui s'accueillaient à bras ouverts se touchent maintenant l'épaule ou le biceps, osent parfois laisser s'attarder une main sur la peau de l'autre, puis retirent furtivement leurs doigts et cherchent mentalement où ils ont bien pu fourrer leur bouteille de gel hydroalcoolique.

De temps à autre, nos regards se croisent. Ils se rendent compte que je suis en train de les fixer et ils se déplacent de quelques centimètres. Je les mets mal à l'aise. Puis ils remarquent les carnets, les crayons, le gros stylo plume, et ils respirent à nouveau. Une artiste. La satisfaction de pouvoir me placer dans une case. Ah, les arts. La culture. Ce sont les domaines qui ont le plus souffert pendant ces deux années, hein ? Brutalement coupés du public et de leur unique source de revenus. Comment allons-nous survivre à cette période ? Pour un peu, ils me donneraient un ou deux euros, accompagnés de mots de compassion et d'encouragement. *On est tous avec vous. On y croit.*

Je me demande ce qu'ils retiennent, une fois qu'ils ont détourné le regard. L'image qui s'imprime sur leur rétine. Une trentenaire. Des cheveux plutôt courts. Raides. D'un brun tirant vers le noir. La couleur des yeux ? Verts ? Bleus ? Marron ? Non, vraiment, ça, ils n'y ont pas prêté attention. De même qu'à la corpulence – ce qui doit signifier qu'il n'y a rien de bien particulier de ce côté-là. Surtout qu'elle était assise, vous comprenez. C'est toujours compliqué, de juger de la taille d'une personne lorsqu'elle n'est pas debout devant vous. Elle avait un piercing dans le nez, non ? Ou alors, c'est juste que ça entre tellement dans le cliché des artistes. Ah oui, parce que, artiste, ça, c'est sûr et certain. Elle esquissait des croquis. Des rues alentour. De l'intérieur du bar. Si ça se trouve, au moment où je l'ai remarquée, elle était en train de brosser mon portrait. J'aimerais bien voir ça. Si je la recroise, je lui demanderai. Sauf que si je la recroise, je ne la reconnaîtrai pas. En attendant, elle ferait mieux de trouver une autre occupation. Un vrai métier, quoi.

Je songe aux endroits où j'ai travaillé. Les bureaux à Paris. L'open space à Helsinki. Le salon de thé à Vantaa. La supérette à côté de chez mes parents. Après toutes ces années à servir et à traverser la vie des autres, je n'aspire plus qu'au calme. *Un pas de côté.* Voilà. C'est l'expression qui convient. Depuis l'automne, j'ai esquissé *un pas de côté.* Comme je m'étais déjà coupée du monde quelques mois auparavant, en revenant de Vantaa, je suis devenue une marginale. Non, c'est inexact. Je suis sur la ligne rouge qui sépare la marge du reste de la page. C'est un fil que j'ai tendu et sur lequel je marche maladroitement. J'ignore quand j'en chuterai et si cela finira mal. Surtout, cela ne m'intéresse pas, pour le moment.

Ce qui me captive, ce sont les autres. Tous mes congénères, qui avancent, timorés ou bravaches, certains d'avoir vécu la période la plus intense de leur existence au cours de ces différents confinements, et qui redécouvrent un monde qu'ils prenaient pour acquis. Ils m'émeuvent, et je les envie également. Mine de rien, j'aimerais revenir dans la danse, moi aussi, mais j'ai oublié les pas.

Ah, le carillon de la porte d'entrée – une survivance qui rattache ce bar à d'anciens lieux, épiceries du XIXe siècle, boulangeries des villages. Un deuxième client. J'aime la façon qu'ils ont d'hésiter sur le pas de la porte, comme s'ils devaient attendre l'autorisation du maître de maison avant de pénétrer dans les salons privés. Dehors, on entend un grondement soudain. Les nuages se sont ramassés dans un coin du ciel. J'ignorais qu'on avait prévu des orages. Je n'écoute plus les prévisions météorologiques.

Thibault Detressant, 57 ans – table n° 2
(première rangée, à droite, baie vitrée)

Je déteste être le premier aux rendez-vous, et pourtant j'arrive systématiquement en avance de cinq ou dix minutes sur l'heure prévue. La faute à mon père. Il travaillait à la SNCF et il nous obligeait à toujours respecter les horaires – ce qui signifiait globalement rester planté plus de vingt minutes dans la salle d'attente de la gare ou sur le quai, le temps que le train daigne se montrer. Je revois ma mère, hiératique, dans son imper beige, avec son chignon et son tailleur, tandis que son mari devisait avec ses collègues sur la plate-forme. Personne ne s'occupait de moi. On savait que j'étais obéissant. Je n'allais pas me mettre à courir et à traverser les voies. Je ferais probablement moi aussi carrière dans le fonctionnariat, tendance transport ferroviaire. On espérait que j'obtienne un poste légèrement supérieur à celui de mon paternel. C'était ainsi que ça fonctionnait, non, l'ascenseur social ? Pour cela, il fallait sans doute que je m'exile à la capitale. Dans cette ville moyenne de province où nous résidions, les perspectives de promotion étaient limitées. Et puis on avait besoin de jeunes gens pleins d'ambition, qui allaient mener la Grande Maison vers de nouveaux horizons. Le nombre de discours pontifiants que j'ai pu entendre.

Je me souviens que c'est dans des moments comme celui-là, quand nous attentions sur le quai l'approche du Mulhouse-Paris, que je regrettais le plus d'être fils unique. Avec un frère, ou même une sœur, j'aurais pu échanger. Discuter. M'engueuler. Bref. Voilà ce qu'il en reste, un demi-siècle plus tard : cette habitude désagréable d'être celui qui poireaute et se demande si on ne va pas lui poser un lapin. Pour le coup, c'est peu probable. Pierre viendra, bien sûr. J'en bâille d'avance. Là encore, je me demande ce qui m'a pris d'accepter cette invitation. Je dois vraiment apprendre à refuser net. Je pensais avoir fait des progrès dans ce domaine, grâce à mon analyste. Bon, pour être tout à fait honnête, je parviens maintenant à contourner, à mettre à distance, et à répondre par la négative en alliant fermeté et politesse. Mais dans certains cas, je me laisse encore avoir. Lors des soirées de trop grande solitude. Quand les souvenirs prennent le dessus. Je me déteste d'être si faible.

J'aurais largement préféré la terrasse, mais la météo ne s'y prête pas. Surtout que dans la salle, il n'y a personne. Ah si, une jeune fille à la table du fond. Elle a étalé des crayons et des carnets. Sûrement une étudiante des Beaux-Arts. Nous nous moquions d'eux, Pierre et moi, lorsque nous étions encore au lycée, parce qu'ils se promenaient tous habillés en noir des pieds à la tête et qu'ils portaient sous le bras un grand carton à dessin. C'est loin tout ça. Je n'aurais vraiment pas dû honorer ce rendez-vous.

Il m'a cueilli au pire moment et de la pire des façons, avant-hier soir. Je n'avais pas de soirée de prévue – l'âge avançant, il faut avouer que les invitations se raréfient, même pour une gloire locale comme moi. Je faisais défiler les photos de la vie des autres sur Instagram et sur Facebook. J'ai de la tendresse pour Facebook, ce réseau pour vieux qui se persuadent qu'ils peuvent rivaliser avec la jeunesse. Tous ces gens qui prennent en photo les plats qu'ils ont commandés et qui écrivent « miam » suivis de quatre points d'exclamation. Toutes ces citations, dont la moitié sont fausses, accompagnées de réflexions sur le sens de l'existence. C'est à peu près l'équivalent des romans-photos en noir et blanc que lisait ma grand-mère dans *Modes de Paris*.

J'avais un peu forcé sur le gin. C'est plus fréquent dernièrement et je vais devoir réduire ma consommation. Cela ne se voit pas encore physiquement parce que je m'entretiens, mais le verre du soir a tendance à devenir quotidien. Et double. J'étais donc dans un de ces moments de désœuvrement quand Pierre a posté la photo. Elle s'est affichée sur l'écran et j'ai été obligé de serrer les mâchoires parce que, d'emblée, j'ai ressenti à la fois tristesse et rage.

Nous posions tous les deux, bras sur l'épaule de l'autre, à l'orée du parc du lycée. Nous tentions d'imiter la pose de Kerouac et de Neal Cassady, sur une photo célèbre que nous avions trouvée au gré de nos lectures. Nous étions convaincus d'être de ces couples d'amis indéfectibles, Castor et Pollux, Montaigne et La Boétie, Gatsby et Nick Carraway. Une belle merde, oui.

La jeune fille – mais elle n'est pas si jeune que ça, non ? – vient de relever la tête et j'ai peur d'avoir prononcé la dernière phrase à voix haute. Cela m'arrive parfois, ces temps-ci. J'effraie les passants. Mais ils me pardonnent. Je suis un écrivain, après tout. Et un écrivain, c'est bien connu, ça a des lubies, des fulgurances. On ne se formalise pas de son attitude. Un vieil original. Une de ces figures emblématiques, blanchie et poudrée, dont on dit en le croisant : « Tu sais qu'avant il a été célèbre, celui-là ? », et dans le « célèbre », on sous-entend aussi la prestance physique, l'énergie et l'envie d'en découdre.

C'est ce que je ne veux en aucun cas devenir.

J'étais amoureux de Pierre. J'essaie de prononcer cette phrase avec détachement, pour prouver à mon interlocuteur fictif que j'ai depuis acquis beaucoup de distance. Je tente surtout de me convaincre que c'est de l'histoire ancienne – comme les pulls camionneurs, les 45 tours et les badges que nous chérissions. Je ne me séparais jamais de celui de Bowie en Ziggy Stardust, trouvé dans une friperie lors d'un voyage scolaire à Paris.

J'étais amoureux, mais c'est une phrase que je n'aurais pu prononcer à l'époque. Je savais qu'il existait dans le monde des hommes qui étaient attirés par d'autres hommes. Certains films en avaient popularisé la caricature, et devant la télévision, mes parents hésitaient entre le rire et l'embarras. Parce que tout de même. Cela ne se fait pas, non ? Je montrais clairement mon mépris pour ces personnages qui poussaient de petits cris aigus et arboraient des fume-cigarette. Je me trimballais avec la honte chevillée au corps, d'autant que Pierre venait régulièrement hanter mes nuits.

J'étais amoureux, oui. Il ne m'est pas arrivé depuis des années d'être obsédé par un autre homme au point de souffrir physiquement de son absence. Au point de rêver qu'il meure, accident de voiture, chute fatale le long d'un escarpement rocheux. Cadavre méconnaissable. Pleurs à chaudes larmes lors de l'enterrement qui s'ensuit. Promesse de ne jamais oublier et de devenir le héraut du héros défunt. Quelle honte.

Cette fois-ci, c'est le serveur qui lève la tête. Je souris dans le vague. Il va vraiment falloir que j'apprenne à maîtriser ces phrases qui montent à mes lèvres et que je marmonne comme l'ivrogne que je suis en train de devenir.

J'étais amoureux et il ne l'était pas. Il était attiré par les filles qui n'avaient pas froid aux yeux et n'hésitaient pas à le renvoyer dans ses cordes, quelque joli garçon qu'il fût. Il aimait leur résistance. Et il adorait le regard que je portais sur lui. Cette espèce d'idolâtrie que je ne parvenais pas à juguler. Il savait très bien de quoi il retournait et il jouait avec mon attirance. Il était même le premier à suggérer que nous partagions le même matelas ou la même tente, lorsque nous nous rendions à des fêtes. Pour tous les autres, nous étions inséparables. Il semblait évident que je deviendrais le parrain de ses enfants – personne n'imaginait, curieusement, que je puisse moi-même en avoir, ou même en désirer.

Et puis un jour, j'ai parlé à cette fille. Celle qui a pris la photo. On se côtoyait depuis quelques mois, elle et moi. On suivait certains enseignements ensemble. C'était lors d'une de ces fêtes qui s'improvisaient et, pour une fois, j'étais sans mon acolyte. Il nous a fourni notre premier sujet de conversation. Elle s'appelait Sophie. Elle voulait devenir psychologue. Elle m'a demandé de but en blanc si j'étais sexuellement attiré par Pierre et j'ai avalé de travers le whisky-Coca que je m'étais servi, parce qu'en fait personne ne m'avait jamais parlé en termes aussi clairs, alors que les couloirs du lycée bruissaient d'allusions. J'ai regardé le jardin dans la nuit : la personne chez qui nous étions – Laurence ? Laurent ? – avait pris du temps pour le décorer, guirlandes électriques, globes lumineux derrière les bosquets, c'était comme une scène de théâtre, et je trouvais cela touchant. Il ou elle devait avoir passé des heures pour créer un écrin dont personne ne se souciait. Je ne parvenais pas à faire sortir les mots de ma gorge, moi qui me croyais bravache et insolent. Sophie a secoué la tête et s'est approchée de moi. Elle m'a murmuré à l'oreille que la réponse était assez simple, en fait : est-ce que, lorsque je me masturbais, c'était à lui que je pensais ? J'ai senti la rougeur me gagner. Elle l'a vue, même dans la demi-pénombre, et m'a touché l'épaule. Elle m'a demandé si c'était davantage de la douleur ou du plaisir. J'étais estomaqué. Elle avait 18 ans, comme nous. Comment pouvait-elle trouver les mots exacts, ceux qui libéraient les tensions tout en enfonçant le couteau dans la plaie ? Où avait-elle acquis cette maturité-là ? Je lui ai posé la question et elle a ri. Elle avait envie de suivre des études de psychologie et, plutôt que de parcourir des livres théoriques auxquels elle ne comprendrait rien pour l'instant, elle avait décidé d'observer ses congénères. Particulièrement Pierre et moi, parce qu'il y avait cette électricité entre nous, qu'elle ne retrouvait nulle part ailleurs. Il y a eu un silence peuplé de cris qui venaient du salon où l'irrésistible « Don't Go » de Yazoo venait de débuter. Elle a relevé l'une de mes mèches et a ajouté calmement : « Mais tu sais qu'il n'y a aucun espoir. »

J'ai haussé les épaules. J'avais les larmes aux yeux et je m'en voulais. Un « oui » s'est frayé un chemin dans ma gorge et il en est sorti désarticulé. Sophie a répondu que si j'en étais conscient, ce n'était pas si grave. Ce qu'elle trouvait curieux, c'était cette façon qu'il avait de jouer avec mon désir. Cela devait flatter son ego – même les hommes succombaient à son charme. Elle était sûre qu'à un moment donné, pendant l'acte sexuel, il m'appelait à la rescousse, moi et mon désir vibrant, et cela redoublait son érection. J'avais baissé la tête. C'était la première fois que je me faisais assassiner avec tant de douceur. J'ai senti la main de Sophie sur mon bras. Son conseil était clair. Son conseil était franc. *Pars*.

Alors, je suis parti. J'ai travaillé comme un malade pour rehausser mes résultats. J'ai décroché le bac avec les honneurs. J'ai été admis dans une de ces classes à élite parisienne, où j'allais frotter mon inculture à la finesse et à la politesse cruelle de mes camarades. Mes parents étaient fiers, surtout ma mère, qui me voyait plus tard en professeur de lettres – elle utilisait « lettres » à dessein, c'était tellement plus classe que « français » – au lycée, à condition bien sûr que je revienne dans la région, marié à une autre enseignante (dans le primaire, celle-là, institutrice c'est bien pour une fille). Je l'ai laissée parler. Je les ai tous laissés parler. Pierre, le premier, qui n'en revenait pas de la façon dont mes notes avaient subitement décollé. Il avait des sentiments très mitigés sur tout cela. À la fois fier et trahi, admiratif et méprisant – alors, d'un seul coup, finalement, ça comptait pour moi, la réussite sociale ?

Je lui ai menti sur la date de mon départ à Paris. Il avait promis qu'il serait là, mais je ne voulais pas subir l'humiliation de l'attendre pour comprendre quelques secondes avant l'arrivée du train qu'il ne viendrait finalement pas. Je n'ai pas voulu de mes parents non plus. Ni d'aucune autre présence – à part celle de Sophie. Et elle était là, souriante. Elle me répétait d'avoir confiance. Il y aurait de bonnes et de mauvaises surprises, mais tout valait mieux que de rester planté ici, à aimer sans espoir de retour et à s'étioler.

J'ai été cette silhouette tétanisée sur le quai numéro 3. J'ai été ce garçon qui arrive dans sa chambre au dernier étage d'un immeuble haussmannien et découvre que les toilettes et les douches sont communes aux quatre résidents du palier. J'ai été ce gosse nerveux qui arpente les rues du Marais ou qui suit un groupe de très joyeux drilles, en espérant pouvoir s'intégrer – tout en craignant cette maladie dont le nom commençait à circuler et qu'on assimilait à un cancer gay.

J'esquisse une moue. Je la devine dans le reflet de la baie vitrée. Chaque fois que des souvenirs désagréables remontent à la surface, ma bouche se tord. Toutes les couleuvres que j'ai avalées. Je pensais qu'elles me laisseraient en paix, à un moment donné, mais elles me surprennent encore, au détour d'une photo postée sur les réseaux sociaux.

Quand je l'ai vue s'afficher, j'ai eu un mouvement de rejet. Il lui fallait encore mettre en avant la relation qu'il avait eue avec moi, quarante ans après. Pour se faire mousser. Pour montrer qu'il avait côtoyé des célébrités. Pour rendre son existence plus belle. C'était pitoyable. Il était réapparu dans ma vie dès qu'il avait su, par les journaux régionaux, que je revenais m'installer dans la ville qui m'avait vu grandir, et dès que les responsables politiques locaux avaient commencé à s'afficher en ma compagnie. Instagram. Facebook. Même Snapchat. Il avait tout essayé et une nuit – trop d'alcool encore – j'avais cédé. J'avais accepté son amitié virtuelle.

Il m'avait immédiatement inondé de messages. Il voulait m'inviter à dîner, me présenter son épouse et ses filles, enfin, quand elles seraient là, puisque maintenant elles poursuivaient de brillantes études, une en médecine et l'autre en ingénierie. Il souhaitait aussi évoquer ce temps que nous avions passé ensemble et qui lui semblait encore si proche, cela avait été une période merveilleuse, il avait du mal à s'en détacher parfois, il radotait et ses filles levaient les yeux au ciel en soupirant que oui, cette anecdote-là, il l'avait déjà racontée, ah ah ah, bien sûr, il était très satisfait de sa vie et il avait visité beaucoup de pays pendant ses vacances – il avait un poste enviable dans les assurances –, la Croatie, par exemple, lui avait beaucoup plu, en revanche, il n'était finalement jamais allé aux États-Unis, sans doute parce que nous nous étions promis de l'effectuer tous les deux ce séjour, ce fameux voyage à New York avec toi.

Je lisais cette diarrhée verbale et j'hésitais entre l'apitoiement et l'atterrement. Je suis hypermnésique. C'est souvent déstabilisant pour ceux qui me côtoient parce que je peux me rappeler des détails très précis et très intimes, la trace d'une cicatrice, la couleur d'un pantalon porté un jour donné, la teinte du ciel un soir de fête au bord de la Seine. Lorsque j'étais encore au lycée, je ne savais pas quoi faire de cette mémoire encombrée de détails sans importance – liste des numéros un du hit-parade depuis 1977, ordre exact des chansons du 33 tours *Faith* de Cure, noms des différents prix Goncourt des dix années précédentes. J'aurais voulu me débarrasser de l'inutile pour être capable de vivre pleinement le moment présent mais je n'y parvenais pas.

J'ai compris plus tard, quand j'ai commencé à écrire des romans, à quel point cette mémoire-grenier pouvait m'être utile. Je n'avais pas besoin de me lancer dans des recherches, de consulter des journaux ou de compulser de vieux albums de photographies. Tout était là, prêt à l'emploi. Et je peux jurer que nulle part, dans aucun des recoins de mon cerveau, il n'y a la moindre référence à un quelconque voyage à New York avec Pierre. C'est un tel cliché. Au fur et à mesure des années, en entendant à la radio la chanson de Téléphone, il a dû se persuader que nous avions voulu, nous aussi, connaître cette expérience. Une grosse approximation chronologique. L'album où figure ce morceau est sorti alors que j'habitais déjà Paris depuis trois ans et que je n'avais plus aucune nouvelle, ni de lui, ni des autres. Ce n'est pas moi qui avais coupé les ponts. Au départ, j'envoyais des lettres – j'avais renoncé au téléphone, j'étais gauche et emprunté au bout du fil. Je racontais ce que je vivais, en l'édulcorant beaucoup. Je passais sous silence les moments de désespoir intense et les abîmes de solitude dans lesquels je me trouvais souvent, pour ne garder que des anecdotes qui pourraient éventuellement donner envie à Pierre de me rejoindre ici, après son diplôme de technicien supérieur. En réponse, j'ai eu droit à deux ou trois cartes postales bâclées et sans intérêt. J'ai vite compris que Pierre et ceux qui gravitaient à ses côtés étaient passés à autre chose.

Et là, soudain, des décennies plus tard, l'avalanche de messages. Je suis d'abord resté de glace devant ses invitations – il avait envie de me faire découvrir tel ou tel restaurant qui n'existait pas « à notre époque » ou tel bar où les quinquagénaires étaient encore les bienvenus la nuit (double smiley). Je l'imaginais expliquer à ses collègues de travail qu'il me connaissait depuis la nuit des temps, que nous étions tout le temps fourrés ensemble, à l'adolescence. L'un d'entre eux, goguenard, a sans doute mentionné ma sexualité, dont je n'ai jamais rien caché, une fois émigré à Paris. Au lieu de rougir, Pierre a dû se mettre à rire et a probablement lancé quelque chose comme « oui, et je crois qu'il était un peu amoureux de moi, mais que veux-tu, on ne choisit pas ses préférences ».

Je l'ai ignoré – et puis bien sûr, à un moment, j'ai cédé. J'ai répondu quelques lignes. J'ai même accepté une fois ou deux que nous prenions un verre ensemble – mais rapidement, hein, insistais-je, rapidement, parce que entre l'écriture de mon nouveau roman, la promotion de celui qui venait de sortir et les allers-retours incessants à Paris pour rencontrer les metteurs en scène qui souhaitaient monter des pièces à partir de mes œuvres, j'étais débordé et je n'avais que peu de temps à lui consacrer.

J'ai encore craqué avant-hier soir, donc. Mais cette fois, c'était un peu différent. C'était moins la photographie qui me remuait que le souvenir de la photographe. Sophie. Je m'aperçois que j'aimais beaucoup cette fille. J'aurais dû tenter de garder le contact. Elle a été emportée dans le flot des promesses non tenues – celles qu'on profère au moment d'effectuer la mue qui nous permettra de laisser derrière nous notre épiderme de jeunesse et son encombrant lot d'amertumes.

Je ne l'ai pas oubliée pour autant. Je repensais régulièrement à elle et à l'influence qu'elle avait eue sur le cours de mon existence et c'est l'une des premières personnes que j'ai recherchées sur la Toile mondiale quand celle-ci a envahi notre quotidien. C'était la fin des années quatre-vingt-dix. On murmurait avec insistance que le passage à l'an 2000 allait être chaotique. La planète allait connaître un énorme black-out d'où naîtraient probablement des révolutions et une nouvelle ère. Les réseaux sociaux n'existaient pas encore mais il était quand même possible de chercher la trace des comètes que nous avions croisées. Je me souviens de soirées entières passées à recouper les informations – vraies ? fausses ? – sur des hommes et des femmes avec lesquels j'avais partagé des moments ou sur lesquels j'avais bâti des rêves. Je n'ai pas immédiatement trouvé Sophie. Je me suis d'abord dit qu'elle était probablement mariée et qu'elle avait changé de patronyme, auquel cas toute enquête aboutirait à une impasse. Et puis j'ai pensé à sa sœur cadette, que j'avais entraperçue trois ou quatre fois et que j'avais consolée le soir de cette fameuse fête. Elle pleurait car aucun des amis de Sophie ne la prenait au sérieux. On la traitait comme une enfant, ce qu'elle était du reste. L'écouter se plaindre et ronger son frein m'avait distrait de ma propre peine. Lorsque j'étais reparti, elle m'avait confié qu'elle se rappellerait toute sa vie de ma gentillesse. J'avais souri – des mots en l'air. J'avais tort.

Son prénom était resté dans un coin de ma mémoire. Virginie. Apparemment, elle appartenait au personnel administratif d'une faculté parisienne de sciences. Elle y détenait même un poste à responsabilité. À côté de son nom, un portrait où je pouvais deviner des traces de la gamine qu'elle avait été, et une adresse électronique. J'ai joué avec l'idée de la contacter pendant quelques semaines, et puis un soir, j'ai envoyé quelques lignes sibyllines. Je m'excusais d'emblée : le procédé de demander par son intermédiaire des nouvelles de sa sœur n'était pas très élégant. Il se trouvait, mentis-je, que j'étais récemment retombé sur des photographies de cette époque antédiluvienne où nous vivions tous dans la même ville et j'avais eu envie d'avoir des nouvelles de mes fantômes – sa sœur en faisait partie, et elle aussi, mine de rien, avec cette discussion que nous avions eue tous les deux à propos de la frustration d'être considérée comme quantité négligeable, alors qu'on rêve de devenir partie intégrante d'un groupe. C'est un sentiment que j'avais souvent éprouvé au cours de mon existence et, chaque fois, je pensais à elle et à la rage qu'elle avait exprimée cette nuit-là.

Le message est resté sans réponse pendant quelques semaines et je me suis rendu à l'évidence – soit je ne m'étais pas adressé à la bonne personne, soit Virginie n'avait pas envie d'évoquer les années écoulées. La nostalgie est un sirop dangereux, et rares sont ceux qui ont envie de s'y noyer.

Presque un mois plus tard, néanmoins, j'ai vu s'afficher le nom de Virginie. Elle écrivait en un paragraphe court, mais dense, qu'elle avait mis du temps à me contacter, parce qu'elle ne comprenait pas ce que je cherchais, au fond, et qu'elle ne voyait pas comment aborder le sujet. La douleur restait vive. Sophie était morte trois ans auparavant, d'une angine mal soignée. Elle avait un peu de fièvre. Elle n'avait pas jugé utile de consulter un médecin pour si peu. Son ex-mari avait la garde des deux enfants cette semaine-là. Elle avait avalé un antalgique. Dans la nuit, son état s'était brutalement aggravé. Elle pouvait à peine respirer et avait sans doute eu du mal à atteindre le téléphone. Lorsqu'elle était finalement parvenue à joindre les secours, il était déjà trop tard. Elle était décédée à l'hôpital quarante-huit heures après, sans jamais avoir repris conscience. Virginie me donnait les indications pour me rendre sur sa tombe, si jamais j'en avais envie. Elle comprenait que toutes ces informations d'un bloc puissent me heurter, et c'est pour cela qu'elle avait hésité. Peut-être aurait-il mieux valu me laisser dans l'ignorance. Mais elle se souvenait parfaitement de notre conversation, dans le jardin. De certaines phrases tirées de mes romans également. Elle les avait presque tous lus. Elle avait cru se reconnaître dans l'un ou l'autre personnage, mais c'était une illusion commune à tous les lecteurs, n'est-ce pas ? Elle aurait adoré me rencontrer mais, dans l'immédiat, c'était impossible. Elle avait suivi son mari à Taïwan et vivait l'existence oisive d'une expatriée livrée à elle-même les trois quarts du temps. En tout cas, elle me tiendrait au courant de sa prochaine visite en France et proposait que nous prenions un café ensemble, pour évoquer sa sœur, dont elle avait rarement l'occasion de parler. Son ex-beau-frère et ses enfants avaient coupé les ponts avec toute la famille. Elle ignorait ce que devenaient son neveu et sa nièce. Elle terminait avec un « très cordialement » qui jurait avec le reste du message. Nous n'avons jamais repris contact.

Voilà, c'est à Sophie que je pensais – et à sa sœur aussi – quand le cliché est apparu sur mon mur Facebook, avant-hier. À cette mort grotesque – comment pouvait-on encore mourir d'une infection bénigne à la fin du XXe siècle ? À celle qui photographiait, et non à ceux qui posaient devant l'objectif. Le temps passant, les acteurs m'intéressent de moins en moins et seule me passionne la mise en scène. On reproche à mes dernières œuvres de privilégier l'intrigue au détriment des personnages. On a sans doute raison.

Je n'ai pas réfléchi, avant-hier soir. J'ai « liké ». Quel étrange mot que cet anglicisme qui s'est immiscé dans nos conversations, cette dernière décennie. J'ai « bien aimé ». Qu'est-ce que j'ai « bien aimé » dans ce portrait de Pierre et moi, et dans le clin d'œil envoyé d'outre-tombe par une jeune fille qui avait changé le cours de mon existence ?

De l'autre côté de l'écran, bien sûr, Pierre en a frétillé de joie. Pour une fois que je réagissais à l'une de ses publications ! Il a aussitôt écrit quelques lignes pour exprimer sa joie. Ensuite, il a envoyé un vocal. Il proposait que nous prenions un café ensemble puisque les jauges venaient d'être levées. Il expliquait qu'il venait de dénicher cette photo dans un des cartons de son grenier et qu'il y en avait d'autres. Il pouvait me les apporter et il scannerait ensuite celles que je choisirais. Nous pourrions nous retrouver chez lui ou lui chez moi. Enfin, si je n'étais pas trop pris, bien sûr – il devinait que j'avais de nombreux rendez-vous, avec des gens bien plus intéressants que lui.

Je ne sais pas si c'est cette dernière phrase, ajoutée après un léger soupir, qui m'a fait craquer. J'ai toujours eu un faible pour ceux qui avouent leur défaite. Alors j'ai répondu – par écrit. Je déteste ces vocaux qui poussent les utilisateurs de téléphone à tenir leur appareil à l'horizontale, et à faire profiter les personnes alentour de leurs conversations. J'ai suggéré un bar. En terrasse, si possible, puisque c'était plus rassurant pour tout le monde, avec ces histoires de variants qui se remettaient à circuler. J'ai inventé un lendemain très occupé, avec diverses rencontres déjà calées et impossibles à déplacer, mais j'ai lancé une perche pour le surlendemain. Jeudi. Le Tom's. Je passais devant tous les matins et je me promettais de m'y arrêter un jour. La terrasse était large et agréable, des arbres la protégeaient du soleil, une fontaine coulait à proximité, et puis il y avait la place et l'église Saint-Urbain, à quelques mètres de là. Pas le centre névralgique de la ville mais presque. Plutôt vers neuf heures – à l'ouverture. On y serait certainement plus tranquilles. Comme je m'y attendais, il a acquiescé à tout. C'était une excellente idée, ajoutait-il. Lui non plus n'était pas familier du Tom's, ce serait l'occasion. L'occasion de quoi, je me le demande encore.

Je n'avais pas prévu la pluie, qui commence à tomber dru. Je n'avais pas prévu non plus qu'il ne serait pas à l'heure. Je n'avais pas prévu que je serais le seul client, à part la souris grise au fond qui me lance des regards furtifs – encore une qui a reconnu mon visage mais ne sait pas bien où « me situer ». Ami de ses parents ? Commerçant ? Homme politique local ?

Je m'assieds à la première table sur la gauche. La banquette n'est pas très confortable. Je me colle contre la vitre. L'averse qui s'abat est impressionnante. Au moins, je suis à l'abri. Lorsque le serveur s'approche, je commande un thé. Earl Grey. Avec une rondelle de citron, s'il vous plaît. Merci.

Chloé

Un été pourri. On avait tout prévu, sauf ça. L'orage éclate. Des trombes d'eau impressionnantes. Plus au nord, ccrtaines villes ont été inondées plusieurs fois et les pompiers n'ont pas arrêté d'intervenir. Ici, on surveille les rivières. Elles pourraient se déverser dans les champs. Gâcher les moissons. Manquerait plus que ça. Se trouver en danger chez soi, après des mois où on nous a ordonné de nous y réfugier.

La baie vitrée tremble sous l'assaut. Je suis bien, ici. Je me demande comment le bar a tenu, avec le confinement, la réouverture en demi-jauge, les couvre-feux. Je me demande comment j'aurais géré tout ça, à Vantaa. Mais peut-être qu'en Finlande les règles ont été moins strictes. Je n'ai pas suivi. J'ai pris le moins de nouvelles possible. Il me reste des noms. Annika et Ari, bien sûr. Mme Virtanen. Des noms comme des pansements arrachés. Non. Je ne regarderai pas la blessure. Ça ne sert à rien.

J'ai appris que les Suédois ne réagissaient pas comme le reste de l'Europe et qu'ils attendaient l'immunité collective. Pour le moment, ils laissent les plus fragiles crever dans les hôpitaux. C'est une façon cynique de régler le problème des retraites, mine de rien, même si personne ne l'avouerait la tête sur le billot. La sélection naturelle version Grand Nord. Soit tu es né pour surmonter les épreuves de la vie arctique : tu es grand, vigoureux, en bonne santé et tu refuses de te plaindre, alors tu mérites de survivre ; soit tu es d'une autre trempe et dans ce cas, bonne chance.

Qu'on ne s'y trompe pas. J'ai adoré vivre à Vantaa, à côté d'Helsinki. J'ai même cru que j'allais y passer le reste de mon existence. Je n'avais pas prévu de reprendre un avion début mars l'année dernière pour revenir ici, avec ma valise rouge, pour m'isoler pendant des semaines dans la maison de mes parents. Enfin, de ma mère, puisque mon père est mort il y a dix ans maintenant. Enfin, de presque personne puisque aujourd'hui ma mère habite dans le Sud avec un apiculteur rencontré sur Meetic. Ma mère a hésité à la vendre. Elle m'a demandé mon avis, bien sûr. Je n'en avais pas. Le temps a traîné – et puis tout à coup, ce pavillon des années soixante, avec son potager et son petit carré de jardin, est devenu mon refuge. Ma mère était contente que quelqu'un l'occupe pendant le confinement. Elle avait peur que des squatteurs s'installent et salissent tout. Des squatteurs. Dans ce lotissement à la limite de l'agglomération, où toutes les rues rappellent des compositeurs célèbres. Mozart. Schumann. Schubert. J'habite rue Satie.

J'aurais préféré des noms de peintres. Vermeer. De Vinci. Mondrian. Bacon. Encore que rue Bacon, c'est limite, non ? Disons que je m'y serais sentie plus à l'aise. Un coup d'œil à mes affaires, étalées sur la table. Mes crayons. Mes carnets de croquis. Ils me sont utiles, ici. Ils me servent de bouclier. On ne peut décemment pas virer des gens qui se sont installés à une table pour travailler – surtout à l'ère du coworking.

Je gribouille. Je gomme. J'ajoute des détails. Des traits de couleur. Peu à peu, cela prend forme. J'en suis heureuse. Dénouer les tensions. Voilà mon unique but. Je ne cherche pas à faire œuvre artistique. C'est peine perdue. L'ensemble est souvent encore malhabile et parfois naïf, mais je m'aperçois que je progresse – la salle du Tom's commence à ressembler sur le papier à ce qu'elle me paraît être. Deux salles séparées par trois marches. Neuf tables. Le comptoir, à droite en entrant : le repaire de José, le serveur, avec sa colère rentrée. De Fabrice, le patron. Ce sont eux que je devrais me mettre à croquer, maintenant. Animer les lieux. Peupler mon existence.

Fabrice, je le connais depuis le collège. Nous étions en classe d'espagnol ensemble. Il était très doué. Il passe souvent un peu plus tard dans la matinée, et reste jusqu'au soir. Il ne m'a clairement pas reconnue et m'a à peine adressé la parole. J'aimerais dessiner la jeune fille qui vient aider à la cuisine le midi – je crois qu'elle s'appelle Ifemelu. Elle a un front magnifique. Hier, elle cherchait des recettes de desserts. J'ai eu envie de lui glisser celles des gâteaux que je confectionnais à Vantaa. Mais non. Inutile. Autre histoire. Autre géographie.

Je ne veux pas penser à tout cela. Je n'ai pas envie de redevenir celle que j'ai été et je n'ai aucune idée de celle que je pourrais devenir. Je suis prise depuis un an et demi maintenant dans une sorte de présent suspendu dont je n'arrive pas à m'extraire. Je m'imagine parfois coincée dans un avion figé à dix mille pieds – l'équipage et les autres passagers ont tous disparu et je n'ai pas accès à la cabine de pilotage. Le temps s'est arrêté. Ma seule possibilité, c'est de sauter. J'ai bien trouvé un parachute, mais je ne sais pas m'en servir.

En attendant de prendre une décision, je préfère m'absorber dans la vie des autres. Le Tom's est devenu en quelques jours ce nid que je n'espérais plus trouver, et dont José essaie régulièrement de m'expulser. Je me glisse dans la peau de ceux dont j'esquisse la silhouette. C'est facile et surtout reposant. Je n'ai jamais trouvé d'activité plus relaxante que de m'évader de ma propre vie pour me projeter dans celle de parfaits inconnus. J'emprunte un corps et un esprit, et je pars en voyage. Alors que la géographie mondiale est empêtrée dans les régulations sanitaires et que les déplacements sont restreints, je m'évade avec une aisance déconcertante.

Je me concentre sur les rares clients du matin. Cet homme qui est entré tout à l'heure, juste avant l'averse. Son visage me dit vaguement quelque chose. Il s'impatiente, regarde sa montre toutes les trente secondes, et pourtant il ne bouge pas. Il se redresse car on pousse la porte, mais s'affaisse de suite : ce n'est manifestement pas la personne qu'il attendait. C'est un couple. Un duo étonnant – une femme d'une cinquantaine d'années et celui qui pourrait être son fils, sauf qu'il lui ressemble très peu. Elle jette de petits regards apeurés à gauche et à droite et sursaute quand José lui demande de signer le cahier de rappel papier à l'entrée. Ses cheveux dégoulinent dans son cou et dans son dos, et elle réprime un frisson. Elle n'a pas ou plus l'habitude de venir dans des endroits comme celui-là. Le jeune homme, lui, est dans son élément, et il rit de la mésaventure qui vient de leur arriver. Ils croyaient éviter l'averse, mais paf, les nuages ont crevé avant même qu'ils aient eu le temps de dire ouf. Il note rapidement ses coordonnées sur le registre puis pousse discrètement celle qui l'accompagne vers la table vide la plus proche – le numéro trois y est gravé sur une petite plaque de bronze. Il retire son masque et interpelle le serveur. L'appelle par son prénom. Demande si le patron est dans le coin, puis répond à sa propre question en forçant un rire – bien sûr que non, il doit encore traîner au lit, ah là là, heureusement que José est là pour faire tourner la boutique. José ne relève même pas la tête. L'autre continue, heureux d'entendre sa voix résonner dans la pièce, fier d'occuper cet espace plutôt réservé aux conversations *mezza voce*. Il s'adresse enfin à la femme qui s'est assise très droite sur la banquette après avoir pendu son imperméable au portemanteau. J'espionne leur conversation.

– Tu prendras quoi, maman ? Un thé vert ? Moi, ça sera un café. Un double, même. Bien besoin de ça quand on voit la saucée qu'on vient de se prendre.

– Noir.

– Pardon ?

– Le thé. Noir. Breakfast, s'il y a.

José opine du chef, discrètement. Il va apporter un coffret en bois dans lequel seront rangés et classés des dizaines de sachets de thé, et elle choisira. Elle me donne envie, tout à coup. Moi aussi, je commanderais bien du thé. Une grande théière, pas un de ces récipients ridicules en fer dont le contenu remplit à peine une tasse et sur lesquels on se brûle les doigts. Une vraie grosse théière en porcelaine, auprès de laquelle les heures défilent. Je doute qu'ils aient cela en stock. C'est une erreur. C'est en partie en leur offrant ce genre de service à l'anglaise que j'ai fidélisé ma clientèle. *Ma clientèle.* Le mot me fait sourire. Sourire, puis grimacer. Comme chaque fois. Non, vraiment. Arrêter de ressasser. Se détacher. Prendre un crayon, à la place. Peaufiner les détails. Voilà. Très bien. Sentir le calme revenir. Jeter un coup d'œil aux nouveaux arrivants. Commencer un portrait. En douce.

GUILLAUME, 25 ANS – TABLE N° 3

Noir. Tiens, j'étais persuadé qu'elle ne buvait que du thé vert. Mais c'est vrai que dernièrement, elle prend un malin plaisir à brouiller les pistes. Si on m'avait dit ça. Ma mère, originale. Ma mère, changeant de goût. Ma mère, différente. Il y a incompatibilité entre les termes. Un oxymore. Voilà, c'est comme ça que ça s'appelle. Une opposition qui retient l'attention et qui claque comme un slogan. Une photo de ma mère et en dessous, en rouge, les mots : « Une femme différente ». Ce serait excellent, comme teasing. J'imagine déjà le trailer. Elle marche dans la rue. Elle bouscule tout sur son passage. On sent sa détermination. Elle refuse de se plier aux règles édictées. Irrésistible pour commercialiser un parfum, par exemple. Ou du prêt-à-porter de luxe. Tiens, ça aussi, c'est un bel oxymore.

Mais c'est incroyable comme je peux dériver, moi ! Tout ça parce que ma mère demande un thé noir et pas un thé vert. Bon, en vrai, il n'y a pas que ça. Quelque chose cloche chez elle ces derniers temps. Mon père se fait du souci. Il l'a poussée à effectuer des prises de sang et des examens cliniques. « Elle m'a ri au nez. » C'est ce qu'il m'a glissé quand nous avons évoqué la situation hier soir. Et l'idée même que ma mère puisse se moquer des conseils de mon père m'a chamboulé plus que je ne le pensais. Ma mère ne rit au nez de personne. Ma mère se lève en chantonnant, prépare le petit déjeuner, coupe quelques tiges dans le bouquet que mon père lui a offert le samedi précédent. Ensuite, elle s'occupe. À quoi, je n'en ai aucune idée. Aux tâches ménagères, alors que Rosa passe déjà deux fois dans la semaine. Elle a également son heure au club de remise en forme, en haut de la rue. Ses applications de méditation. Elle s'ennuie, sans doute, depuis que ma sœur et moi avons quitté le nid – mais nous n'y pouvons rien. C'est la vie, c'est tout. Moi, je crois qu'elle devrait trouver un travail. Un truc à mi-temps dans un magasin de décoration où elle pourrait prodiguer des conseils avisés. L'autre soir, tard, je suis tombé sur une émission à propos des métiers en plein essor. Influenceur. Producteur de contenu. L'une des femmes interviewées était coach de conversation – en fait, elle organisait des séminaires où elle expliquait à ses clientes quels sujets aborder lors des dîners qu'elles organisaient, de façon que les invités repartent en ayant l'impression d'avoir vécu un moment merveilleux. *Coach de conversation*. Voilà bien un métier qui ne conviendrait pas à ma mère. Elle s'assure à chaque repas que rien ne manque à personne, mais elle ne prend jamais part à la discussion. En y réfléchissant bien, je m'aperçois que je ne sais même pas ce qu'elle pense sur les trois quarts des sujets. Si ça se trouve, elle vote même pour La France insoumise, désormais. Je ne peux m'empêcher de réprimer un sourire et elle lève les sourcils. Elle attend que je lui fasse partager la raison de ma bonne humeur. Je vais broder. Je sais être charmant. Je le suis, d'ailleurs. Prévenant. Poli. Le serveur arrive avec mon double expresso. Celui-là, j'en ai vraiment besoin, ce matin.

– Pourquoi souris-tu ?

– Pour rien, maman. Je me demandais juste depuis combien de temps nous n'étions pas venus au café tous les deux.

– Jamais, je crois. Déjà, nous y allions rarement quand vous étiez petits, et puis à chaque fois, ta sœur nous accompagnait.

– Elle va bien ?

– Justine ? Oh oui. Ton père ne t'a pas prévenu qu'elle serait probablement là pour le déjeuner ? Il aurait préféré qu'elle vienne ce soir pour LA grande réunion de famille avant le grand départ, mais apparemment elle avait quelque chose d'autre de prévu.

Je sens mes lèvres s'étirer. Ma sœur. Un poème. Nous nous évitons cordialement depuis des années. Nous n'avons pas les mêmes centres d'intérêt. C'est la phrase que nous servons à tous ceux qui s'étonnent du peu de contacts que nous entretenons.

Généralement, nous ajoutons un : « C'est comme ça ! On n'est pas obligés d'être très proches, dans les fratries ! » et nos interlocuteurs murmurent un assentiment. Nous ne sommes pas une fratrie. Nous ne sommes que deux.

– Tu sais, je pars mais le monde continue de tourner ! Ce n'est pas la peine d'en faire tout un plat !

– C'est curieux. Je pensais que tu resterais à Paris.

– Oui. Moi aussi, un moment. Mais ça doit être un des effets secondaires du confinement. J'ai besoin d'espace. De la planète tout entière.

Je lance un rire qui sonne faux même à mes oreilles et la jeune femme qui se trouve dans la salle du fond relève la tête. Je suis bruyant. C'est une de mes caractéristiques. On s'en étonne, souvent : mes parents sont si discrets. Ma mère rappelle souvent qu'une partie de ses aïeux venait du Sud-Ouest. C'est plutôt à cet archétype-là qu'on me rattacherait. Hâbleur. Gros rire. Fêtes avinées à Bayonne. Rugby – moi qui n'ai jamais aimé les sports d'équipe. J'ai une personnalité qui dérange. J'en suis conscient. Et en même temps, je m'assieds sur l'opinion que les autres peuvent avoir de moi. Après tout, jusqu'ici, je ne m'en tire pas trop mal.

– Et Annabelle ne te suit pas, donc.

Je soupire. Je le regrette immédiatement parce que ma mère prend son air pincé, mais je n'ai pas envie de m'étendre sur ce sujet-là. Ce qui me surprend, c'est que ma mère s'abaisse à un mea culpa qui ne lui ressemble pas.

– Désolée, ce ne sont pas mes affaires. J'imagine que c'est un autre effet secondaire du confinement. Je l'aimais bien, Annabelle, mais une mère ne doit pas s'attacher aux conquêtes de ses fils. C'est une grossière erreur.

– Maman, je...

– Non, laisse. En fait, je n'ai pas tellement envie de revenir là-dessus à quelques heures de ton départ pour le Canada.

Son regard s'attarde sur les tables, le bar, l'homme qui vient d'entrer et qui salue de loin celui qui l'attend, près de la baie vitrée. Son visage me rappelle quelqu'un, mais qui ? Maman pérore. Elle dit que c'est joli, ici, que c'est tout neuf ou presque. Elle suppose que les propriétaires ont dû profiter du confinement pour redécorer. Je réprime un bâillement. Je n'ai pas bien dormi. L'ambiance, chez mes parents, est irrespirable. Maman continue sur sa lancée. C'est le tour des banquettes, maintenant. Apparemment, c'est LA faute de goût ultime. Le revêtement en skaï, une horreur. Et d'un inconfortable ! C'est incroyable que les propriétaires ne s'en rendent pas compte.

Soudain, au détour d'une phrase, Lucie.

Je tends l'oreille. Le danger, selon mon père, il est là. Mais non. Maman glisse dessus. Elle explique maintenant que ce lieu lui rappelle son enfance. Tous les dimanches matin, elle allait à la piscine avec Grand-Père. Ensuite, il l'emmenait toujours boire une menthe à l'eau au même bar, tenu par une grande rousse.

– Je me suis longtemps demandé s'ils couchaient ensemble.

Je repose mon café un peu trop précipitamment. Du liquide brun se déverse dans la soucoupe vert foncé. Mon père a raison. Son comportement est différent. Ma vraie mère n'aurait jamais rapporté de ragots ni utilisé des mots comme « coucher ». J'hésite sur la réponse à donner, mais elle poursuit son soliloque et quand elle parle, c'est comme si elle déployait ses ailes. Elle redresse le buste, aventure son bras droit sur le dossier de la banquette et s'autorise même un sourire en coin.

– Je suis retournée dans ce café quand j'étais adolescente, une fois, mais tout avait changé. Il n'y avait plus trace de la grande rousse ni de ses deux serveurs à l'air benêt à qui elle donnait des ordres. Quand tu es enfant, tu crois que le monde ne bougera pas, et puis tu grandis et un jour, tu te retrouves dans un décor qui n'a plus rien à voir avec les images que tu avais en tête. Lucie dit que c'est très bien comme ça, parce qu'il n'y a rien de pire que l'immobilisme. Moi, je suis plus réservée. J'aurais bien figé le temps au moment où vous aviez 10 et 7 ans. J'étais bien là. J'étais à ma place.

– Qui est Lucie ?

– Une amie.

Elle me fixe en prononçant ces mots et elle lance un rire bref.

– Tu devrais voir ta tête ! Oui, j'ai des amis, figure-toi ! Bon, je n'ai sans doute pas été très sociable quand vous étiez petits, mais c'est parce que ton père organisait les soirées. C'est lui qui décidait qui venait dîner et même des sujets de conversation que nous aborderions. Moi, j'étais reléguée – mais ton père utiliserait sans doute le terme « promue » – au rang d'organisatrice en chef. Soyons juste. Il n'a pas une seule fois oublié de me féliciter et de se vanter à table d'avoir une épouse parfaite. Je trouvais que c'était une drôle d'expression, mais je ne répliquais rien. Ce n'était pas mon rôle. Et puis, ces repas étaient tellement assommants ! J'en sortais avec des migraines atroces, que je ne mentionnais à personne, puisque ton père ronflait déjà quand j'entrais dans la chambre, et que, le lendemain, j'étais évidemment la première levée. Heureusement que depuis un an et demi, on ne peut plus recevoir personne ! Écoute, Guillaume, je t'en prie, referme ta bouche, on dirait un poisson nettoyeur contre la vitre de l'aquarium d'un restaurant asiatique.

Je rougis. Je le sens sur mes épaules et sur mon cou. Je suis stupéfait. C'est la première fois que ça m'arrive, je crois. Je viens de me faire remettre en place par la femme qui m'a mis au monde. Je mets quelques secondes à retrouver mon aplomb.

– Ça ne me dit pas qui est cette Lucie exactement.

Ma mère fronce les sourcils puis me fixe avec une sorte d'effronterie dans les pupilles. En détachant les syllabes, elle répond que c'est une camarade de lycée qui a ouvert une librairie rue Montgolfier. Elle se recule de quelques centimètres et lâche :

– Mais dis donc, tu ne serais pas en service commandé, toi, par hasard ?

À nouveau, je sens le feu qui gagne ma peau. C'est très déstabilisant. Ma voix s'étrangle dans le « Pardon ? » que je lance et qui ne convainc personne. En tout cas pas la femme en face de moi, qui détourne le regard et secoue la tête. Je cherche vainement une réplique et je m'en veux de n'avoir pas anticipé ses réactions. Cela ne me ressemble pas. Mais au fond, cela ne me ressemble pas non plus d'avoir accepté d'aider mon père, quand il m'a demandé de profiter du temps que j'allais passer avec ma mère, pour tâter le terrain et tenter de comprendre ce qui se tramait dans son cerveau. C'est elle qui a raison : les enfants ne devraient pas se mêler de la vie de leurs parents, et vice versa, une fois qu'ils ne vivent plus sous le même toit. Elle boit une gorgée de thé, esquisse une grimace et poursuit. C'est de plus en plus gênant.

– Ce que je crois, c'est que ton père a peur que je sois devenue lesbienne, ce qui, étant donné l'état de nos relations sexuelles, serait un vrai bonheur. Il ne craint pas que je ne l'aime plus, il n'en a vraiment rien à foutre et il doit trouver ses compensations ailleurs. Non, ce qu'il redoute par-dessus tout, c'est le qu'en-dira-t-on.

Elle a légèrement élevé la voix. Je ne suis pas sûr qu'elle s'en rende compte. Parallèlement, le serveur a baissé le volume de la musique. J'ai l'impression que tout le monde a entendu ce que ma mère vient de déclarer. La jeune femme au fond, en tout cas, est tout ouïe. S'il ne tenait qu'à moi, je lui adresserais un doigt d'honneur. Mais je suis bien élevé. Je tiens de mon père – et de ma mère jusqu'à aujourd'hui. Je me contente de me racler la gorge. Ma mère n'y prête aucune attention. Elle dévide la pelote de son récit. Maintenant que sa parole est libérée, on ne l'arrête plus.

– Écoute, Guillaume, je vais t'aider. Je vais te fournir tous les détails dont tu as besoin pour ton enquête. Si tu veux un stylo et un calepin, j'en ai dans mon sac pour prendre des notes. À moins que tu préfères enregistrer, n'est-ce pas ? Cela pourrait servir de preuve devant la justice.

Je m'en veux. Je me suis laissé prendre par surprise, et me voilà à découvert. Elle peut lancer la charge où bon lui semble. Le terrain est dégagé. Elle évoque la fameuse Lucie. Elle explique qu'elles fréquentaient le même lycée, même si elles n'appartenaient pas aux mêmes groupes, bien sûr. Lucie, elle, était extrêmement populaire et était invitée à toutes les soirées. Une boule d'énergie. Irrésistible. Pas la langue dans sa poche. Cela plaisait beaucoup à ces garçons qui singeaient leurs pères. Elle les renvoyait dans leurs cordes. Ou alors les embrassait et les mordait, *si, si, je t'assure*.

Maman soupire. Elle dit qu'elle n'aura au fond jamais compris les hommes. Ils auraient dû détester Lucie, sa franchise, sa liberté, mais c'était l'inverse qui se produisait. Enfin, dans un premier temps. Ils n'envisageaient jamais une relation durable avec elle, cela dit. Pour partager leur existence, ils préféraient des filles plus sages. Issues de leur milieu.

– Des cruches comme moi, quoi.

Je ne peux m'empêcher de sourire à l'emploi du mot « cruche ». Ma vraie mère est de retour. C'est tellement elle, ce vocabulaire désuet. *Cruche*. Est-ce que mon père considère ma mère comme une cruche ? Non, sans doute pas, contrairement à ce qu'elle insinue. Elle l'intimide, je crois. Et moi ? Est-ce que je la méprise ? La question reste en suspens tandis qu'elle prend une gorgée de son thé et ferme les yeux. Son corps se détend et ses rides s'estompent tout à coup. Elle gagne dix ou vingt ans. Elle redevient celle que je connaissais quand j'étais enfant. C'est très impressionnant.

Elle revient sur Lucie. Elle explique qu'elles s'étaient découvert une passion commune, en se croisant à la bibliothèque municipale le samedi après-midi. La lecture. Elles avalaient toutes les deux les romans contemporains que leurs professeurs ne conseillaient jamais. Elles exploraient des univers que leurs camarades ne soupçonnaient pas.

– Tu sais, tes grands-parents n'arrêtaient pas de répéter que lire était d'une importance capitale, mais je ne les ai jamais vus avec un roman devant les yeux. Ils en achetaient régulièrement, pourtant. Les grands succès du moment. Puis ils les posaient délicatement sur les étagères du salon, pour que les invités les remarquent lorsqu'ils s'asseyaient pour l'apéritif, mais cela n'allait jamais plus loin. En revanche, ils me laissaient libre d'emprunter tous ces volumes. Du moment que je restais sage et obéissante. Et que je n'oubliais pas de sortir un peu avec des amies, parce que le shopping, au fond, il n'y avait rien de mieux selon eux. Voilà. Donc nous lisions, Lucie et moi, et nous gardions un œil intéressé et bienveillant l'une sur l'autre sans aller jusqu'à communiquer franchement. Alors quand elle a ouvert sa librairie, j'ai été l'une de ses premières clientes. C'est tout ce qu'il y a à savoir.

Je suis sur le point d'ajouter un « C'est bien sûr ? » déplacé, mais elle me devance en me rappelant que je vis au fond la même situation avec Annabelle, non ? Parfois, moins on en sait sur sa famille proche, mieux c'est. Nous sommes sur la même longueur d'onde. Je suis étranger à toute cette histoire. D'autant plus étranger que je pars demain à des heures d'avion d'ici et que je vais subir à l'arrivée un isolement de quinze jours alors même que je suis doublement vacciné. Un autre chapitre commence.

Ma mère sourit dans le vague, comme si elle était à peine consciente de ma présence. Pourtant, lorsqu'elle reprend la parole, c'est comme si elle avait suivi les méandres de mes pensées.

– J'imagine qu'avec le Covid et les mesures sanitaires, je ne te reverrai pas avant six mois au moins. Un an, peut-être.

– Le virus ne vivra pas éternellement. Même avec les variants.

– Toi aussi, tu es devenu épidémiologiste récemment ?

Trois fois que le rouge me monte aux joues. Cette fois-ci, c'est franchement désagréable et je n'ai pas envie de botter en touche.

– Je me renseigne, comme tout le monde. Sauf que je comprends les articles que je lis. Même les scientifiques. Après tout, c'est ma formation de base, et tu étais très fière de mes résultats en physique et en biologie.

Elle me tapote la main, comme on agirait avec un vieillard ou avec un enfant boudeur.

– Ne te vexe pas. Ne gâchons pas nos derniers moments ensemble. Tu es adulte. Tu conduis ta vie comme tu le souhaites. L'essentiel, c'est que tu sois heureux. Parce que c'est bien ce que tu es, non, heureux ?

– Absolument.

– Tant mieux. Ah, au fait, la fameuse Lucie dont ton père craint qu'elle ne soit mon amante m'a confié que tu étais au collège avec sa fille, Léa.

– Ah bon ? Léa comment ?

– Longuet.

Je laisse passer quelques secondes. Je sens mes mâchoires se contracter légèrement. J'ai peur un moment que Léa Longuet ne se matérialise soudain, de l'autre côté de la baie vitrée. Mais non. C'est de l'histoire ancienne. Dehors, il a enfin cessé de pleuvoir.

– Désolé, ça ne me dit rien. Mais des Léa, tu sais, il y en avait à la pelle. Sinon, aide-moi, puisque tu as repéré ma panoplie d'espion, qu'est-ce que je raconte à papa ? Tel que je le connais, il doit déjà être sur des charbons ardents.

Elle soupire, avale une gorgée de thé mais grogne parce qu'il est froid et que ces petites théières, vraiment, c'est insultant, vu le prix qu'on paie.

– Tu lui annonces que je vais bientôt demander le divorce. J'espère seulement que nous allons pouvoir régler ça à l'amiable, surtout que toi et ta sœur, vous êtes majeurs et vaccinés, même contre le Covid, alors bon... On va se passer des avocats, n'est-ce pas ?

Je suis soufflé. Elle scrute mes réactions. Elle n'en perd pas une miette.

– Décidément, tu as tendance à rester facilement bouche bée ces temps-ci. Il ne va pas falloir que tu te comportes comme ça dans l'entreprise où tu arrives, sinon ils vont penser qu'ils ont recruté un abruti.

Je laisse passer la remarque désobligeante. Je pense à mon père. À la famille. À l'avenir. Mes idées s'entrechoquent. Mon cerveau est un champ de bataille.

– Mais comment tu vas faire, financièrement ?

– Oh, ça... Ne t'inquiète pas. L'apprentie de Lucie s'en va rejoindre son amoureux à Clermont-Ferrand. Elle va m'embaucher. Et si ça ne suffit pas, je réactiverai mes diplômes de lettres. C'est marrant, dans cette famille, personne ne semble se rappeler que je suis allée à la fac et que j'ai décroché un master – enfin, une maîtrise à l'époque. C'est sans doute parce que les lettres, chez nous, ça ne compte pas beaucoup, hein ? En tout cas, ils cherchent des vacataires, dans l'Éducation nationale. Et ils ne font pas la fine bouche. L'âge importe peu du moment que tu as quelques diplômes et que tu es prête à aller au front. Je trouverai bien un moyen de m'en sortir.

– Et... la maison ?

– Quoi, la maison ? Elle ne va pas s'écrouler, la maison ! Si ton père veut racheter ma part pour la garder et l'entretenir, il est le bienvenu. Sinon, eh bien, nous la revendrons. C'est comme ça que ça se passe normalement, non ?

– Je ne sais pas. Je ne suis pas spécialiste des divorces.

– Pour toi, honnêtement, ça ne va pas changer grand-chose. Tu vas vivre à des milliers de kilomètres. Ton père ira te voir très rapidement. Vous avez toujours eu tellement d'affinités. Moi, tu viendras me rendre visite une fois par an. Tu me trouveras épanouie. Bon, ce sera sans doute un peu plus compliqué pour ta sœur, mais elle est déjà au courant et elle approuve ma démarche.

– Pardon ?

Ma mère hausse les épaules et assène que ma sœur est plus attentive que moi, et bien plus présente surtout. Elle a apparemment constaté depuis longtemps l'ampleur des dégâts et souffre de voir sa mère traitée avec la plus grande indifférence. Je n'en crois pas mes oreilles. Justine aurait tout de même pu m'informer de ce qui se tramait ! D'un seul coup, nous nous retrouvons dans une guerre des tranchées, les femmes d'un côté, les hommes de l'autre, c'est ahurissant. Je ne pensais pas que nous étions ce type de famille.

Je n'ai pas le temps de m'appesantir. Ma mère me signale que, puisque je sers de messager, elle va me charger d'une mission. Elle me laisse transmettre ses intentions à mon géniteur. Je ne devrais pas le faire trop attendre, il est probablement très impatient de partager mes impressions. Elle, elle restera encore un peu ici. Elle l'aime bien, ce bar, finalement. Elle me remercie pour la découverte. Quand je penserai à elle désormais, elle aimerait que cela soit dans ce nouveau décor. Sinon, exceptionnellement, elle n'a rien préparé pour le déjeuner. Justine ne se formalisera pas. On grignotera ce qu'on trouvera. Ou bien on commandera au nouveau restaurant japonais. Elle adore leurs sushis.

– À moins que l'envie ne prenne à ton père de se lancer dans la cuisine. Plus jeune, il était très doué, tu sais ! À tout à l'heure !

Congédié. Comme un laquais. Je sens la fureur qui monte et je sors en trombe avant de hurler. Demain, je serai parti. Demain, tous ces gens – ma mère, mon père, ma sœur, Lucie et Léa Longuet – n'existeront plus.

Corbeille.

Vider la corbeille.

FABRICE, 31 ANS – BAR, TABOURET N° 1

J'essuie mes lunettes avec le revers de ma veste trempée, et le résultat n'est pas probant. Je m'en veux parce qu'en plus ils ont parlé des intempéries à la radio ce matin et je me suis promis de prendre un imperméable ou un blouson avec une capuche, mais évidemment au moment de sortir, j'ai oublié. Je suis parti à pied avec un tas de choses en tête, et avant même de m'en rendre compte, j'étais trempé jusqu'aux os. Quand je suis entré dans le bar, José m'a jeté un coup d'œil réprobateur – parfois, on se demande qui est l'employeur et qui est l'employé, ici. C'est sans doute parce que nous ne correspondons à aucun des clichés qui traînent. José a le même âge que moi, mais nous nous connaissons depuis si longtemps qu'avec les années il est devenu mon père, ma mère, mon frère, mon oncle, mon suzerain et mon vassal tout à la fois. Par-dessus le bar, il m'a lancé une serviette en murmurant « Tes cheveux ! », a pointé du nez le tabouret que nous avons appelé « numéro 1 » et m'a d'autorité préparé un double café. Je ne sais pas ce que je ferais sans lui. Déjà, je n'ouvrirais pas aussi tôt. J'ai avalé une gorgée, je l'ai remercié et j'ai évoqué le passe sanitaire. Il a haussé les épaules en répondant que rien n'était encore décidé pour les bars. Il a donné l'exemple de l'Angleterre où, malgré le nouveau variant, les restrictions étaient levées. Nous avons souri de concert. Nous n'avons tous les deux que peu de considération pour Boris Johnson. Encore moins pour Trump et Bolsonaro, évidemment. Nous nous retrouvons sur les fondamentaux. Il a ajouté qu'on aviserait au jour le jour. On s'en était assez bien tirés jusque-là, non ?

J'ai jeté un coup d'œil à la salle. Pour un jeudi matin avec une météo catastrophique, ce n'était pas si mal, effectivement. La fille du fond – celle qui vient tous les jours depuis la réouverture et qui reste plantée là jusqu'au soir. Un homme entré juste avant moi qui a rejoint son ami à la table 2. Une mère et son fils table 3 – et au moment même où je les observais, le fils s'est levé brutalement, manquant de renverser sa tasse, et il est sorti en trombe. La mère a souri et a levé les yeux au ciel. Elle a hélé José mais c'est moi qui me suis déplacé. Elle avait une réclamation, a-t-elle indiqué en souriant. Cette théière, quand même, c'était très pingre. Non parce que sérieusement, quand on commande un thé, on prend le temps qui va avec. On le laisse infuser, on musarde un peu, on boit une première tasse, puis une autre, enfin vous voyez le tableau. Elle était prête à payer beaucoup plus cher, insistait-elle, mais pour un vrai moment de détente – et Dieu sait si elle en avait besoin. J'ai hoché la tête en réfléchissant. Oui, nous devions avoir ça quelque part. Et oui, elle avait raison. Même si nous n'étions pas à proprement parler un salon de thé, nous devions offrir le meilleur au client. Je suis repassé de l'autre côté du bar et José a marmonné « Qu'est-ce qu'elle veut ? » de sa voix qui sert davantage à éloigner les clients avinés qu'à attirer les quinquagénaires du matin. Je lui ai conseillé de ne pas s'en soucier. J'en faisais mon affaire. J'ai ce côté gendre idéal que je ne suis doublement pas (ni marié, ni parfait), mais qui a beaucoup de succès auprès de ce type de clientèle. J'ai dégoté sous le bar une lourde théière en porcelaine dont José ignorait même l'existence, je l'ai consciencieusement lavée, ai porté l'eau à ébullition et l'ai apportée avec la boîte à sachets. La cliente était aux anges. Je pouvais sentir l'agacement de José dans mon dos. Il y a des détails qui lui échappent, parfois. Comme la présence de cette jeune femme à la table du fond, celle que j'ai appelée la dessinatrice et qu'il s'acharne à surnommer la gribouilleuse. Elle l'indispose. Moi non. Elle est un chat dans un salon. Elle se pelotonne dans son coin. Elle habite le lieu, et le lieu a bien besoin d'être habité, après cette année et demie d'ordres et de contre-ordres, de fermetures, de réouvertures avec QR codes sur les menus et masques obligatoires, puis de couvre-feux. Je ne sais pas comment nous tenons encore debout. Comme les soignants j'imagine : parce que nous n'avons pas le choix.

Ces murs sont à moi. Je les ai rachetés il y a deux ans. Jocelyne était fatiguée. Elle cherchait un repreneur et elle refusait de vendre son affaire aux fils Lebrun, qui possèdent déjà la moitié des bars de la ville et qui jouent au Monopoly avec les enseignes. Elle n'était pas dans la précipitation, Jocelyne. Elle avait 68 ans. Elle était prête à prendre sa retraite mais pas à n'importe quel prix. Jocelyne insiste sur le fait qu'elle a toujours été une femme libre – une forte tête, selon certains. Une « maîtresse femme », comme on appelait ces guerrières au sortir des conflits mondiaux. Jamais mariée. Des aventures de temps à autre, mais pas avec d'autres commerçants – on ne mélange pas le business et les sentiments, même quand il n'y a aucun attachement. Elle n'était pas destinée à cette carrière-là. Ses parents l'auraient voulue médecin. Ou infirmière. Un métier en rapport avec la santé, qui leur aurait permis de bénéficier, croyaient-ils, de conseils avisés lorsqu'ils deviendraient vieux. Ils s'inquiétaient pour rien. En juillet 1976, sur la RN 10, un camion leur a à la fois coupé la route et le sifflet pour l'éternité.

Jocelyne avait 23 ans et travaillait à la pharmacie du coin en attendant de repasser ses concours de la santé qu'elle ne parvenait pas à décrocher. Elle a hérité d'une petite maison qu'elle a immédiatement revendue. Elle a effectué quelques placements avisés. Depuis toute petite, elle avait une fascination pour la Bourse, les obligations, les actions, et elle savait exactement dans quel secteur elle souhaitait investir. L'avenir se lirait dans les ordinateurs. Elle a risqué gros, mais elle savait que si elle perdait son argent, personne ne viendrait le lui reprocher. C'était ça, la vraie liberté. En quelques années, elle a amassé une somme plus que coquette.

Elle a quitté son poste. S'est fait embaucher comme serveuse par des amis de ses parents, qui lui ont très vite confié de plus grandes responsabilités, quand ils se sont rendu compte que Jocelyne savait y faire – tant au niveau des comptes que de la gestion des stocks ou des clients indélicats. Elle n'avait pas sa langue dans sa poche et savait imposer le respect. « Je suis un bulldozer. Je défonce tous les murs », glisse-t-elle quand elle a bu un coup de trop, ce qui se produit rarement, car Jocelyne déteste perdre le contrôle et laisser les mots non pas dépasser sa pensée mais l'exprimer trop clairement. Jocelyne a peu confiance dans les êtres humains, ce qui lui évite d'être déçue, dit-elle.

Elle a confiance en moi. Elle a raison. Elle m'a souvent confié qu'elle aurait aimé avoir un fils comme moi. Je ne réponds rien. Je plante mes yeux dans les siens. Elle détourne le regard et lance que si le bar ne marche pas, je pourrai facilement trouver une place de gigolo. Elle précise qu'elle veut bien se reconvertir en mère maquerelle sur ses vieux jours. Elle me trouvera facilement des clientes. Ou des clients. À ma guise.

Jocelyne a jeté son dévolu sur un café, situé juste en face du lycée des Terrasses. L'Atlantic. À l'époque, c'était un rade décrépi qui n'attirait que les poivrots du coin et dont la réputation était entachée de plusieurs rixes et même d'un prétendu meurtre. Quand le propriétaire a décidé de jeter l'éponge, Jocelyne a acquis le lieu pour une bouchée de pain. Elle a convoqué des équipes d'artisans qu'elle menait à la gouaille et à la baguette, tout en leur concoctant les déjeuners dont ils raffolaient – ils ne rentraient plus à la maison le midi, ils restaient là et se montraient encore plus productifs. Ils ont abattu les murs, rebouché les fissures, évacué des tonnes de gravats, posé de grandes baies vitrées, repeint les murs. Tout cela en un temps record. Jocelyne avait placé dans ce projet les gains de son boursicotage, et son entourage s'accordait à dire qu'elle était folle. Elle rayait méthodiquement les noms de ceux qui ne croyaient pas en elle sur son petit carnet d'adresses.

Elle avait vu les lycéens désœuvrés à la sortie de l'impasse qui menait à leur établissement. Ils dépensaient leur argent à la boulangerie. Ils traînaient en grappes, riaient fort, se planquaient sous les abribus quand il commençait à pleuvoir, se tournaient autour, se disputaient parfois. Elle les attirerait dans ce café – ce serait leur premier café, celui dont on se rappelle la larme à l'œil des décennies plus tard. Elle les écouterait se réjouir et se plaindre. Elle jouerait le rôle de confidente. Elle savait que les temps avaient changé, que les adolescents avaient de l'argent de poche et l'envie de dépenser. Ils n'avaient simplement pas d'endroit où se retrouver. Elle allait leur en offrir un.

C'est exactement ce qui est arrivé. Jocelyne a d'abord placardé une affiche « changement de propriétaire », suivie d'une autre, « lycéens bienvenus ». Il n'a pas fallu plus d'une semaine pour que les premiers clients s'aventurent. Le bouche-à-oreille a fonctionné à merveille – attirant des élèves d'autres lycées de l'agglomération et même, le soir, quelques étudiants de l'IUT qui venait d'ouvrir, mais ceux-là ne restèrent pas longtemps quand ils découvrirent que Jocelyne n'avait pas l'intention d'ouvrir après vingt heures. Elle leur souriait en expliquant qu'elle avait une vie de famille, elle aussi, et qu'elle devait se lever tôt. Le lycée ouvrait à huit heures, le bar quarante-cinq minutes avant.

Une vie de famille. Jocelyne n'en voulait sous aucun prétexte. Ce dont elle avait besoin en rentrant dans son appartement, c'était de calme. Après toutes ces journées à observer ses jeunes clients s'amouracher, s'envoyer des piques ou des perches, se déchirer, se soutenir et se jurer des amitiés éternelles qui ne dureraient que quelques mois, elle se sentait pleine et épuisée. Sa solitude ne lui pesait plus. Elle était encore jeune, mais plus assez pour se rendre en discothèque sans détonner. Elle n'avait pas envie de fréquenter d'autres bars la nuit tombée. Elle avait fait peu à peu le vide autour d'elle.

En fumant une de ses fameuses longues cigarettes mentholées, elle m'a confié un jour que son existence s'était diluée dans celle de ces adolescents qui, en grandissant, partaient poursuivre leurs études supérieures dans d'autres villes, migraient vers la capitale sans espoir de retour, étaient remplacés par d'autres, tout aussi agaçants et attachants, bruyants et tendres. Elle apprenait de nouveaux prénoms, découvrait de nouvelles musiques et de nouvelles idoles. Le temps semblait perpétuel. Sa seule déception, au fond, c'était que ceux qui avaient traîné des heures dans son établissement étaient très peu à revenir la voir, une fois qu'ils avaient quitté le quartier. Elle faisait partie d'un décor qu'ils avaient replié dans un coin de leur mémoire. Un jour, ils se rappelleraient l'existence du café et chercheraient le nom de sa propriétaire, mais si, tu sais, la blonde, avec ses cigarettes qui n'en finissaient plus, ah, comment s'appelait-elle déjà ?

J'étais un des rares fidèles.

Je crois que la loyauté est une de mes qualités premières, peut-être la plus importante. Avec le sentimentalisme. C'est un défaut pour la plupart de ceux avec lesquels je discute. L'attachement aux autres serait une forme de faiblesse, surtout lorsqu'on n'est pas reliés par les « liens du sang ». Il conviendrait de ne se concentrer que sur les « vrais proches », la famille nucléaire, les parents, les enfants – et pour le reste, basta. Ce sont souvent des amis qui me tiennent ce discours et je réplique que dans ce cas-là, je ne devrais pas tenir compte d'eux. Ils rient. Ils ripostent qu'eux, ils font partie de ma famille élargie, en fait, qu'ils sont pour moi comme des frères, ou des cousins. Je hoche la tête. Je prétends que je comprends. Je sais que, dès qu'ils ont le dos tourné, je redeviens la dernière de leurs préoccupations. Être sentimental n'a jamais signifié manquer de lucidité. Je sais très exactement sur quels tréteaux se tient mon établi. Jocelyne. José. Et ce, depuis des lustres. Ils sont les cannes qui me permettent d'avancer. Ma démarche est encore instable mais je gagne en confiance et en assurance.

J'ai toujours été touché par les histoires qu'on me racontait – et on m'en a raconté beaucoup. Je ne suis pas celui dont on tombe follement amoureux – mon nez est droit mais un peu court, je suis trop maigre, la barbe mange une partie de mon visage et mon œil droit semble légèrement plus grand que le gauche. Je parais fragile. C'est sans doute pour cela que mes interlocuteurs ont envie de partager une partie de leur fardeau. Ils se disent que je ne vais pas leur faire de mal. Que je suis un oiseau. Que leurs soucis vont glisser sur mes plumes et que je pourrai ensuite les transporter ailleurs, loin d'eux. Lorsqu'ils s'en vont, ils sont soulagés. Ils me remercient. Ils ont pitié de moi aussi. Ils se demandent ce que je vais devenir. Être réceptacle n'est pas un métier d'avenir. Ils ont tort.

Je me suis rendu compte très tôt à quel point écouter était une force. Écouter et agir, dans la discrétion la plus absolue. Cela a commencé avec José. Puis avec ces filles qui se posaient des questions et qui en arrivaient à la conclusion que j'étais peut-être la réponse, même si elle n'était que temporaire. Et avec Jocelyne, enfin.

Nous étions ici, dans ce bar, qui s'appelait déjà le Tom's, puisque c'est elle qui lui a donné ce nom étrange. Elle venait d'annoncer qu'elle allait bientôt prendre sa retraite. L'Atlantic avait périclité après quelques années fastes, parce que les lycéens préféraient quitter le périmètre de leur établissement et se rendre dans des bars centraux où ils payaient à prix d'or des cocktails compliqués aux noms exotiques. Jocelyne elle-même était moins attachée à ce café, depuis qu'elle avait connu une déception sentimentale. Elle avait revendu les murs à la succursale de la banque d'à côté, qui rêvait de s'étendre. Elle en avait tiré un bon prix. Elle avait hésité – se relancer ou se retirer des affaires en plaçant ses billes en Bourse, puisque cela lui avait réussi des années plus tôt. La crise de 2008 l'avait rendue plus circonspecte. Elle s'était mise en quête d'un nouvel écrin. Elle avait trouvé ce bar-PMU. Elle connaissait le propriétaire. Il l'avait mise en garde contre les dangers, pour une femme seule. Elle avait riposté qu'elle saurait s'entourer et que, de toute façon, elle mettrait un terme à la vente de billets de Loto ainsi qu'à celle des cigarettes. Elle bazarderait aussi les tables en formica et les chaises avec assise en osier. Il y avait du potentiel – elle l'exploiterait. Le propriétaire était parti d'un grand rire et lui avait assené une grande tape dans le dos. Il l'avait prévenue que ça risquait fort de ne pas marcher du tout. Elle avait haussé les épaules. Elle en avait vu d'autres.

Ils n'avaient eu ni raison ni tort. Le bar, redécoré un peu trop à la hâte, avait effectivement découragé l'ancienne clientèle mais sans réellement en attirer une autre. Il y avait du passage, mais peu de clients réguliers, et Jocelyne retirait de l'affaire juste de quoi verser le salaire de son unique employé – un malabar prénommé Tony que personne n'osait approcher – et se payer au SMIC. Ils avaient tenu ainsi presque une dizaine d'années, mais quand Tony avait finalement quitté le navire, Jocelyne avait décidé de raccrocher.

J'étais abasourdi. Ce café était devenu mon repaire et mon ancre – comme l'Atlantic l'avait été pendant mon adolescence. Quand j'étais entré pour la première fois au Tom's, Jocelyne m'avait tout de suite reconnu et accueilli avec un grand sourire. Elle était toujours contente d'avoir des nouvelles de ses « anciens ».

Ce n'était pas la période la plus faste de ma vie. J'avais étudié les réseaux informatiques mais je m'étais vite aperçu que je m'ennuyais ferme dans les emplois que l'on me proposait. Je végétais. Sentimentalement, j'étais devenu une sorte de monogame à répétition. Je vivais des histoires qui duraient six mois, un an, et puis au bout d'un moment, les filles trouvaient mieux ailleurs ou se désintéressaient. Elles ne m'en voulaient pas, ou si peu. Elles me reprochaient seulement d'être si constant de caractère qu'on avait l'impression que rien ne me dérangeait. Je ne montrais aucune ambition. Je pourrissais lentement à des postes sans intérêt. Je regardais les séries dont tout le monde parlait sans manifester la moindre émotion. Ma dernière fiancée en date, Anaïs, qui était infirmière, avait explosé un soir – est-ce que je me penchais un peu sur les drames qui agitaient la planète, les températures extrêmes, la fin probable de l'humanité, par exemple ? Ou les scandales politiques ? Les inégalités hommes-femmes ? Le mouvement #MeToo ? Elle ne m'avait pas laissé le temps de répliquer. Elle avait décrété qu'en fait je devais depuis longtemps me traîner une dépression – une de ces maladies qui avancent masquées pendant des années et fatiguent l'organisme au point que tout paraît égal. Elle m'avait fait promettre de consulter un médecin. Je n'avais pas encore entamé la démarche quand Jocelyne a parlé de ses projets. J'étais déterminé à tenter l'expérience – parce que, au fond, je me trouvais moi-même assez étrange. À part José, je n'avais pas vraiment d'amis. Je pouvais même enlever le « vraiment ». Je n'avais pas d'amis, alors que j'étais persuadé que tous ceux qui me croisaient me trouvaient plutôt sympathique.

Quand Jocelyne a expliqué qu'elle allait se retirer du jeu, les autres ont feint de ne pas la croire. Je me suis contenté de la fixer, tandis qu'elle s'affairait derrière le bar. Elle pensait passer une partie de sa retraite ici – d'octobre à avril en gros, parce qu'elle possédait une maison avec un jardinet qu'elle adorait ; et l'autre partie de l'année au bord de l'océan Atlantique, dans un petit appartement sur la côte, qu'il lui fallait encore dénicher. Cette année, elle allait donc fermer l'établissement, les deux semaines suivantes (protestations mornes des habitués) pour trouver le logement adéquat. Le problème, ajouta-t-elle ce soir-là, c'est qu'elle n'était pas très bonne conductrice, et que l'âge n'arrangeait rien. En outre, deux semaines à écumer les agences immobilières dans des stations balnéaires encore semi-désertes à cette époque pouvait ruiner le moral. Elle cherchait donc un accompagnateur. Elle avait déjà demandé à ses amis mais aucun n'avait été séduit par la proposition. Et puis ils avaient des rendez-vous chez les spécialistes, implantologues, cardiologues, ostéopathes. Bref, des débris. Est-ce que par hasard cela tenterait quelqu'un dans l'assemblée ? Elle n'offrait pas de salaire – il ne fallait pas exagérer – mais elle paierait bien sûr tous les frais.

J'ai levé la main, comme à l'école primaire. Les autres clients n'en revenaient pas. Pour une fois que je manifestais un intérêt pour quelque chose. Jocelyne a souri et a murmuré : « Fabrice, j'en étais sûre. » Elle m'a tapé dans la main. Nous partirions le surlendemain. Et maintenant champagne. C'était la tournée de la patronne.

Ces gens que vous croisez pendant des années et dont vous n'imaginez pas l'importance qu'ils vont revêtir dans votre existence. José. Jocelyne. Lors de cette semaine étrange que nous avons passée tous les deux à la recherche de la perle rare qui abriterait ses mois d'été, je me suis confié à Jocelyne beaucoup plus qu'à n'importe qui jusqu'alors. Le fait que l'Atlantic avait été un refuge au moment où la situation se tendait à la maison, mon père hurlant sur ma mère, la traitant de tous les noms ; le quartier pavillonnaire où nous résidions ; les voisins, témoins des disputes et de l'alcoolisme croissant des deux membres du couple. Cette certitude dans le lotissement que tout cela allait mal finir. À l'Atlantic, entre l'antique juke-box dont certains titres ne changeraient jamais parce que Jocelyne les aimait plus que tout, le baby-foot et le flipper, sur les bancs de bois surpeuplés, au milieu de ces rires et de ces brouhahas, tout semblait simple. J'étais presque devenu populaire. On me tapait sur l'épaule, on me parlait de l'avenir, de ce qu'il nous réservait, des carrières que nous embrasserions. Je me laissais bercer. J'avais l'impression d'appartenir à un endroit. Lorsqu'il a fermé – alors que je m'y rendais pourtant de moins en moins souvent –, cela a été un véritable déchirement.

Sur la côte atlantique, les agents immobiliers nous prenaient pour mère et fils et nous ne les détrompions pas. Nous nous coulions dans ces rôles-là. Parfois même, nous surjouions. Elle lançait des phrases comme : « Non, mais franchement, est-ce que tu me vois vivre ici, fiston ? » On nous proposait souvent des chambres adjacentes. On était début juin. La saison était lancée mais les restaurants étaient encore déserts. Quand ils apprenaient que

Jocelyne était « du métier », les propriétaires nous offraient des pousse-cafés et évoquaient immanquablement un âge d'or qui n'était que celui de leur propre jeunesse. Ils donnaient des conseils aussi, crachaient sur les agences immobilières que nous avions contactées, écrivaient sur des bouts de papier les coordonnées de gens « beaucoup plus sérieux ».

Elle a finalement jeté son dévolu sur Arcachon, en expliquant que la baie serait un refuge idéal. Elle n'avait plus l'âge ni les os pour plonger dans les rouleaux. Et puis il y avait cette promenade sur le front de mer. Les bateaux pour des excursions à l'île aux Oiseaux. Une vraie petite ville avec tous les commerces à proximité. J'ai rétorqué que les prix étaient prohibitifs et les biens rares, mais elle a haussé les épaules. Elle avait confiance. Elle avait raison. Nous avons dégoté un appartement dans une résidence calme et en retrait des animations. Un T3 récemment rafraîchi qui était clairement surévalué mais que Jocelyne a payé rubis sur l'ongle. Sur le balcon minuscule, elle avait murmuré : « Ici, ce sera parfait. »

Elle a tenu à m'inviter dans un de ces palaces où notre tenue détonnait. Tandis que le serveur nous orientait vers le fond de la salle, elle s'est installée devant le bow-window, signalant au jeune homme que nous étions probablement assez riches pour racheter cet établissement et qu'il cesse donc de nous considérer comme des péquenots, merci. Elle a commandé du champagne et un grand plat de crustacés pour deux. J'ai été obligé de lui avouer que j'étais incapable de découper les langoustes ou les tourteaux – personne ne m'avait enseigné la technique. Elle a rétorqué qu'il y avait un début à tout. Au décorticage des fruits de mer comme à la gestion d'un café. La bouteille est arrivée. Elle a trinqué avec moi. La semaine qui se terminait allait définitivement changer non seulement sa vie, mais aussi la mienne. Elle avait en effet décidé, avant même de lancer l'invitation, au Tom's, ce soir-là, que la personne qui se montrerait prête à partager ce voyage avec elle, si il ou elle se montrait digne de ce séjour, deviendrait son héritier universel. J'ai froncé les sourcils et, après quelques secondes, j'ai répondu que nous n'étions pas dans un roman d'Agatha Christie et qu'il me semblait bien qu'en France, la loi était bien plus complexe que cela. Les législateurs avaient mis des garde-fous pour empêcher les vieilles dames d'être abusées par des gigolos de mon espèce. Elle avait éclaté de rire et le chef de rang avait levé les yeux au ciel. Mon Dieu. Une parvenue, sans doute. Une récente gagnante du Loto. C'étaient les pires.

– Ne t'inquiète pas pour moi. Je fréquente les avocats et les officines de notaire depuis des mois. J'ai construit ma fortune toute seule. Je n'ai pas de descendance ni de famille au sens large, et si je ne peux pas empêcher l'État de prélever ce qui lui est dû, je peux tout de même lui en soustraire une bonne partie. Je ne suis pas éternelle. Je vais prendre mes dispositions. L'appartement que j'ai choisi avec toi te reviendra également.

– Et si je refusais ?
– Tu serais idiot.
– Je peux l'être.
– Je sais. Mais tu vas prendre le temps de réfléchir et tu vas accepter. Parce qu'on ne peut que céder à la volonté d'une petite chose fragile comme moi. Dis-moi, tu n'as pas de boulot en ce moment, n'est-ce pas ?
– Exact. C'est ce qui me permet de jouer les chauffeurs.
– Je te propose dans un premier temps de reprendre le bar.
– Pardon ?
– Le Tom's. Je n'ai plus ni l'énergie ni le bagout nécessaire. Les fils Lebrun l'ont remarqué. Ils sont déjà sur les rangs. Le problème, c'est que je ne les aime pas. Ils ont tellement rayé de parquets avec leurs dents qu'il ne leur reste que des chicots.
– Vous préférez quelqu'un qui n'y connaît rien.
– Arrête de me vouvoyer, maintenant.

Elle a avalé une gorgée de champagne puis a continué tranquillement, le regard tourné vers le front de mer presque désert.
– J'ai été tellement heureuse quand tu as levé la main. Tu as toujours été un de mes préférés, du temps de l'Atlantic. Et puis, tu es resté fidèle. Tu venais me dire bonjour à l'occasion. C'est rare, la fidélité. C'est une qualité qui doit se chérir. Alors, je te chéris.

C'est là, dans ce décor où nous détonnions, qu'elle a détaillé toute l'affaire. Elle s'occuperait de l'aspect juridique. D'abord, j'apparaîtrais comme gérant et partenaire, le temps que je m'habitue au travail, surtout au côté administratif. Pas d'inquiétude, elle me confierait des astuces qui lui auraient fait gagner des heures si on les lui avait expliquées d'emblée, et nous aurions de toute façon un comptable pour nous aider. Ensuite, rapidement, elle organiserait sa succession. Elle avait effectué des recherches poussées dans ce domaine. Une série de dons. La somme ahurissante qu'elle devrait quand même verser à l'État, puisqu'il n'y avait pas d'autre solution. Cela aurait été plus simple évidemment si elle avait procréé, mais on n'allait pas revenir sur ce qui n'avait pas eu lieu. Je l'ai arrêtée d'un geste.

– En somme, je deviens votre fils.

– Ton.

– Pardon ?

– Le tutoiement.

– Ton fils.

– Tu as déjà des parents.

J'ai pensé à eux. À l'étrange existence qu'ils menaient tous les deux, désormais. Au moment où je fréquentais l'Atlantic, j'étais persuadé que le divorce était inéluctable et je l'appelais de toutes mes forces, tant je n'en pouvais plus des cris et des invectives. Et puis mon père avait eu un premier AVC, suivi d'un deuxième quelques mois plus tard. Il s'était beaucoup calmé, avait changé de régime alimentaire, avait surtout arrêté l'alcool et les cigarettes. Il était à la retraite depuis peu. Il marchait beaucoup – de grandes balades qui l'emmenaient jusqu'aux confins de la ville. Ma mère ne s'inquiétait plus pour lui. Elle en avait assez soupé. Elle organisait ses journées selon ses envies. Elle avait décidé de continuer à travailler, même si elle avait 62 ans passés. Pas pour l'argent, insistait-elle, même si ce n'était pas négligeable. Pour le contact social. Pour les copines du boulot. Mes parents se croisaient dans leur pavillon qui donnait des signes de fatigue – il faudrait bientôt s'occuper de l'isolation des fenêtres. Ils étaient cordiaux l'un envers l'autre. Ils cohabitaient. Ils n'en revenaient pas eux-mêmes, du calme qui régnait à la maison. Ils avaient décidé aussi une fois pour toutes de ne plus se préoccuper de moi, de mes amours, de mon avenir professionnel. Il était clair que j'étais un raté, surtout à l'aune de la réussite des enfants des voisins, mais qu'y pouvaient-ils ? Ils m'avaient donné toutes les chances, et si je ne les avais pas saisies, c'était mon problème, pas le leur. J'avais plus de 30 ans. Chacun sa croix.

Jocelyne a fini sa coupe. Elle a ajouté que cette histoire de filiation, c'était très symbolique. Nous ne nous devions rien l'un à l'autre. Elle ne me demanderait jamais de m'occuper d'elle quand elle serait trop vieille et impotente. Elle m'indiquerait simplement à quel moment je devrais l'accompagner en Suisse pour rejoindre la clinique spécialisée dans les départs en douceur.

– Bon, mais on ne va pas rester sur des considérations aussi grotesques. Parlons plutôt de toi.

– De moi ? Mais il n'y a rien à dire.

– De tes amours.

– Traversée du désert. Pas sûr qu'elle mène à une oasis.

– Tu as essayé les sites de rencontres ?

J'ai soupiré. Quand on atteint la trentaine maintenant, la question revient sans cesse. Non, je n'ai pas rejoint la grande communauté des célibataires qui cherchent des aventures ou l'amour parfait sur le catalogue international des rencontres programmées. Oui, c'est sans doute une erreur. De la fierté mal placée. L'impression idiote que, lorsque tu en es réduit à chercher sur Internet ce que tu n'es pas parvenu à trouver dans la vie quotidienne, c'est que tu es vraiment inadapté. En face de moi, Jocelyne a simplement souri. Il y avait une trace de rouge à lèvres sur l'une de ses prémolaires, en haut.

– Je ne vais pas te blâmer, va. Ce n'est pas mon rôle, et surtout, ce ne sont pas mes affaires. Mais je t'ai gardé à l'œil, toutes ces années.

– Pardon ?

– À l'Atlantic, d'abord. Je me rappelle que tu étais amoureux de cette fille. Comment s'appelait-elle déjà ? Celle qui s'habillait comme une clocharde mais qui pétait dans la soie ? Élise quelque chose, non ?

– Élise Legrand. Je n'y crois pas ! Vous... pardon, tu... tu te souviens d'Élise Legrand ?

– Avec sa façon de rejeter ses longs cheveux blonds en arrière quand elle riait. Une vraie caricature. Ses baskets sales qu'elle aimait mettre sur mes bancs et que je lui ordonnais systématiquement de retirer.

C'est à mon tour de sourire. Élise Legrand et ses cheveux en bataille, alors que toutes ses consœurs passaient des heures le lisseur à la main. Ses vestes matelassées achetées chez Oxfam, à Londres. Une caricature de l'altermondialisme de pacotille.

– Tu savais que ses parents dirigeaient la plus grande entreprise de cartonnage d'Europe ?

– Je l'ai appris plus tard, oui.

– Tu étais accro, hein ?

J'ai acquiescé doucement en détournant le regard, parce que j'ai senti la vague qui montait. C'était ridicule. Tellement d'eau avait coulé sous les ponts. Jocelyne m'a touché le bras.

– Tu t'es fait avoir. Ça arrive. C'est l'âge où on teste son pouvoir de séduction. Pour elle comme pour toi. Cela n'a aucun sens. Mais j'avais mal pour toi, tu vois. Je te voyais te consumer et je savais qu'il n'y avait aucun espoir. Tu as eu des nouvelles par la suite ?

– Indirectement. Elle est allée à Paris. Fac de droit, je crois. Elle voulait rentrer à Sciences Po. Bref.

– Et depuis ?

J'ai haussé les épaules. J'ai murmuré que la conversation était gênante. Jocelyne a éclaté de rire. Elle a riposté que c'était normal – elle était elle-même très embarrassante. Je me suis entendu répondre que j'avais eu des aventures, de-ci, de-là, rien de concluant, rien non plus qui dure très longtemps.

Les filles attendaient que j'aie plus de coffre. Ou d'ambition. D'envergure, quoi.

– L'envergure, je te l'offre sur un plateau.

J'ai voulu ironiser mais je n'ai rien répliqué, parce qu'au fond, elle avait raison.

– J'ai une dernière question.

– Vas-y.

– Pourquoi est-ce que le bar s'appelle le Tom's ?

– Garçon ! Pourrions-nous avoir l'addition, s'il vous plaît ? Nous allons débarrasser le plancher. Et honnêtement, le repas n'était pas mal mais pas de quoi grimper aux rideaux. Faites attention. Je ne poste jamais rien sur les réseaux sociaux, mais le jeune homme en face de moi maîtrise les évaluations et les commentaircs comme personne.

Le serveur a rougi violemment. Jocelyne s'est penchée vers moi. Elle a simplement murmuré « plus tard », et elle m'a fait promettre de ne pas changer le nom du bar. Jamais. Même quand elle serait morte et enterrée. Je m'y suis engagé.

Voilà. C'est là que ma vie a basculé. En un tour de main, je suis devenu un autre. Un homme qui accepte les responsabilités et qui anticipe les mois à venir. Un homme qui garde en permanence un œil sur les dépenses et les recettes. Un homme qui embauche et prend en charge les conflits avec les clients du bar. Le premier employé que j'ai recruté, c'était José, bien sûr. Il ne pouvait pas en être autrement. Jocelyne a tenu sa parole – elle me laisse toute latitude.

Pourtant, il reste encore quelques traces de celui que j'ai été. Des brûlures d'estomac qui me réveillent parfois la nuit. Cette façon de courber la tête en passant devant les demeures bourgeoises de l'avenue Parmentier, parce que je suis conscient que je ne ferai jamais partie de ce monde-là et que je ne parviens pas encore à être fier de mes racines. Et puis cette hésitation agaçante chaque fois que je pénètre dans ce bar qui est le mien, désormais. Mes murs. Ma possession. Mon bien.

Tout le monde s'accorde à dire que c'est un drôle de nom pour un café français. Avec cette apostrophe et ce « s » anglo-saxon, qui n'appartiennent pas à notre grammaire ni à notre culture. On a déjà bien assez d'anglais dans les enseignes des magasins ou les chaînes de fast-food. En plus, ça a un côté un peu démodé, non ? On imaginerait à l'intérieur des fauteuils profonds, orange et marron, des lampes basses et des femmes très maquillées qui discutent avec des hommes aux grosses cravates rayées. Un lieu de rendez-vous interlope dans les années soixante-dix. Je laisse les théories s'échafauder. À un moment donné, il y a toujours quelqu'un pour me demander la raison de ce choix.

Je réponds que je n'ai rien choisi du tout, puisque c'est l'ancienne propriétaire qui l'a baptisé ainsi. Elle m'a fait promettre de ne pas changer le nom. Les clients haussent les sourcils. Ils ricanent en lançant : « Et toi, tu as obéi ? » Je souris. Je rétorque que je tiens mes promesses, c'est tout. D'ailleurs, cela tombe assez bien puisque Thomas, c'est mon deuxième prénom. C'est une sorte de clin d'œil. Un passage de témoin. En face, on hoche la tête. On comprend mieux. On est content d'avoir été mis dans la confidence. On ressortira l'anecdote, à l'occasion. Cela prouvera qu'on connaît le patron et qu'ici, c'est en quelque sorte comme un deuxième chez-soi.

Je m'appelle Fabrice Michel Joseph Ortega. Personne n'aurait pensé à me prénommer Thomas. Mon père était d'origine espagnole mais entendait que sa progéniture soit immédiatement reconnue comme française de pure souche. Le Miguel des aïeux s'est naturellement transformé en Michel. La Josepha qui avait élevé ma mère a perdu sa dernière lettre en intégrant ma carte d'identité. Fabrice ? Lorsque je leur ai posé la question, mon père et ma mère ne se souvenaient pas précisément comment leur était venue l'idée. C'était un prénom à la mode. Il y avait un animateur radio célèbre qui le portait. Des chanteurs aussi.

Je m'appelle Fabrice Michel Joseph Ortega, mais maintenant, pour beaucoup de résidents du quartier, je suis « le patron du Tom's ». Je suis persuadé qu'un jour je deviendrai Tom tout court. Je n'y trouverai rien à redire. Ce sera un juste retour des choses.

Je jette un coup d'œil à la salle. Il y a quand même un peu de monde. Chaque matin, j'arrive avec la boule au ventre. Et si le bar restait désert toute la journée ? Et si plus personne n'avait envie de se rendre au café, avec les mesures sanitaires, les masques et tout le tintouin, depuis si longtemps maintenant ? Je me demande qui est vacciné, parmi mes habitués. Moi, je n'ai pas de problème avec ça. Je me suis fait piquer dès que j'ai pu. Je devinais qu'on ne pourrait pas s'en sortir autrement. J'ai été surpris que José m'emboîte le pas. Je l'aurais cru plus réticent. Ifemelu m'a assuré qu'elle y était passée aussi, mais elle ne m'en a pas apporté la preuve et je ne lui ai rien demandé. Je serai peut-être bientôt contraint de le faire.

La pluie a cessé. J'hésite à ressortir la terrasse – s'il faut la ranger en catastrophe tout à l'heure, ce sera épuisant – mais je vais bien y être forcé. La terrasse, c'est là où les clients se retrouvent. Surtout celle du Tom's. Elle donne sur une placette avec une petite fontaine, quelques bancs et une demi-douzaine d'arbres qui offrent de l'ombre en cas de canicule – ce qui n'arrivera pas cet été. José m'indique la jeune femme à la table du fond et lance un petit rire désagréable.

– Je suis convaincu qu'elle vient pour toi.

– Ou pour toi, José. Ne sous-estime pas ton sex-appeal.

– Sûr que non. Bon, en attendant, on pourrait lui suggérer de reconsommer, non ?

– Elle ne dérange personne, José. On verra tout à l'heure. Mais si tu veux, je vais débarrasser sa table.

Je vois son demi-sourire. Il est soulagé. Je ne sais pas ce qu'elle lui a fait pour qu'il la déteste ainsi. Il a peut-être peur qu'elle le dessine et que le portrait ne soit pas flatteur. Ce serait dommage. José vaut beaucoup plus que ce qu'il consent à montrer. Je suis partial, évidemment. Mais sans doute aussi celui qui le connaît le mieux. Je me demande quand même pourquoi le gars de la table 3 est sorti en trombe, tout à l'heure. Sa mère, elle, s'attarde. Elle sirote son deuxième thé. À quoi peut-elle bien songer ? À la désertion soudaine de son fils ? À la journée qui commence et s'étire devant elle ? Si on m'offrait la possibilité d'avoir un don particulier, je choisirais celui d'entrer dans l'esprit des autres et de percevoir leurs plus intimes pensées. Je ne suis pas aussi pudique qu'on peut le croire.

10h30

Françoise, 60 ans – table n° 3

Il est parti depuis au moins une demi-heure et j'ai encore l'impression de l'entendre parler. Ce qui est sûr, c'est que dans cette grande école de commerce où nous l'avons envoyé et qui coûtait les yeux de la tête, il a appris à discourir. Il sait alterner les conseils, l'ironie, la douceur, les menaces, les admonestations, c'est impressionnant. Il tient cela de son père – mais son père est moins subtil. Il glisse au milieu de phrases fort bien tournées des mots vulgaires qui font tache, ou une erreur de conjugaison que les invités relèvent mentalement. Mon mari ne parvient pas non plus à rester impassible – son visage change de couleur, rose, orangé, jaune doré, écarlate, c'est souvent assez laid mais parfois attendrissant. On se dit qu'il reste des failles. Des émotions. De l'humain. Guillaume, non. Guillaume a cette peau légèrement mate qui ne s'altère qu'en de très rares occasions. Je suis surprise et honorée que, par trois fois, il ait été incapable de cacher son émotion. Je ne me rappelle plus la dernière fois où je l'ai vu rougir pour autre chose qu'un coup de soleil.

Je reprends une gorgée de thé. Finalement, je me trouve bien, ici. Tout à l'heure, quand Guillaume m'a littéralement poussée à l'intérieur, je ne me sentais pas à ma place. Et puis, lorsqu'il a hélé le serveur, j'ai ressenti cette crispation dans les épaules. Il était dans son élément. Il se comportait comme le maître des lieux. J'ai compris tout de suite qu'il était missionné par son père. Je m'en doutais, de toute façon. Mon mari est incapable de s'adresser à moi directement. Nos enfants sont devenus des sortes de télégraphistes à l'heure où le reste de la planète s'envoie des tonnes de messages et de vidéos.

J'intimide peut-être Marc, maintenant. Il retrouve celle dont il a brièvement été amoureux et dont la relative froideur le tétanisait. Il ne comprenait pas que, sous mon air impassible, je bouillais. Je rêvais de lire tous les livres de la bibliothèque, mais aussi de voyager dans tous les pays du monde, d'exercer tous les métiers et de relever tous les défis. Mes parents avaient consenti à ce que j'étudie les lettres modernes – reste d'éducation dix-neuvièmiste où la fille se consacre à la littérature ou aux langues en attendant le mari adéquat.

Le mari adéquat est apparu. Il avait de la prestance et ce côté un peu trop sûr de lui que confèrent parfois les études commerciales. Un mélange de crainte face à ce que je représentais – cette bourgeoisie ancienne au sein de laquelle il rêvait de s'épanouir – et d'envie de s'imposer qui ne me déplaisait pas. Il feignait de s'intéresser à ce que je lisais mais n'ouvrait jamais un livre. En revanche, il tenait à visiter les musées et à retenir le nom des tableaux les plus célèbres. Je l'ai trouvé attachant, et plus délicat dans l'intimité que je ne l'aurais cru. Bref, je ne dirais pas que j'ai été piégée. Je n'ai pas subi mon mariage – en tout cas pas dans les premiers temps. Je n'ai pas non plus subi mes grossesses ni l'éducation de mes enfants. Je vivais au contraire dans une sorte de plénitude qui convenait à tout le monde. Au fond, Françoise, on savait bien qu'elle était née pour être mère. Même cette vague envie d'enseigner qu'elle avait eue à un moment donné, c'était en somme pour être entourée d'enfants. C'est si naturel pour une femme. Je me suis tellement laissé absorber qu'à un moment, j'en ai presque oublié Lucie.

Non. C'est faux. C'est l'une des premières personnes que j'ai cherché à contacter quand les réseaux sociaux sont montés en puissance, il y a une dizaine d'années. Tout le monde se moquait de moi parce qu'à l'approche de la cinquantaine, je voulais d'un coup tout connaître de l'univers virtuel. C'est Justine, ma fille, qui m'a initiée. Elle avait compris que je me sentais souvent seule, depuis que son frère et elle recherchaient moins ma compagnie. Elle se disait sans doute aussi que je ne pourrais pas décemment lui reprocher de rester collée à l'écran de son téléphone portable.

Lucie a mis des années avant de répondre à ma demande d'amitié – quelle étrange association de termes, quand on y réfléchit. Je comprenais aisément. Nous n'avions jamais été proches. Elle ne se souvenait peut-être même pas de mon nom. Elle avait d'autres chats à fouetter. Je sais maintenant que ce n'était pas exactement le cas.

Elle n'a finalement cédé que lorsque j'ai commencé à fréquenter la librairie qu'elle venait d'ouvrir, un peu à l'écart du centre-ville. J'avais entendu parler de ce nouveau lieu et je voulais être l'une des premières clientes. Je tenais à soutenir le commerce local, ce qui ne manquait pas de déclencher les sourires narquois de Marc et de Guillaume, pour qui Jeff Bezos est un modèle. Guillaume s'est même fendu d'un franc éclat de rire quand il a appris que la boutique de Lucie s'appelait Le Temps Perdu, avant de s'excuser et d'ajouter : « Non mais, maman, honnêtement, quelle idée de… » J'ai répondu en souriant : « Proust, peut-être », et nous en sommes restés là. Guillaume sera sans doute mon plus grand remords. Ce n'est pas ce fils-là dont j'avais rêvé. La phrase est raide, mais elle n'est rien à côté de sa dureté à lui. J'en prends ma part de responsabilité, bien sûr. L'autre part, celle de mon mari, je m'en sépare aujourd'hui. Il pense l'avoir réussi. Je trouve que le ratage est complet. Nos différences sont irréconciliables.

Quand je me suis adressée à Lucie, dans le magasin, après toutes ces années, ma voix était chevrotante. C'était ridicule. Je lui ai demandé des conseils sur les romans de la rentrée littéraire et elle m'a répondu d'un ton un peu sec que c'était difficile de suggérer des titres, comme ça, de but en blanc, sans être familier du goût de l'autre. J'étais sur le point de répliquer mais elle m'a devancée :

– Je vous ai reconnue, mais nous ne pouvons pas dire que nous nous connaissions, non ?

J'ai hoché la tête et j'ai dû avoir l'air vraiment peinée parce qu'elle est partie d'un petit rire, s'est excusée de la manière brutale dont elle me recevait et a fini par me diriger vers un de ces romans où les intrigues sont cousues de fil blanc et se terminent invariablement sur une note d'espoir. C'est là que je me suis rebellée.

– Ah non. Hors de question. C'est tout ce que je déteste.

Elle s'est reculée de quelques centimètres et s'est fendue d'un nouvel éclat, beaucoup plus franc cette fois.

– Désolée. J'avais oublié que... enfin, peu importe. J'ai autre chose pour vous, Françoise.

J'ignore si c'est le fait qu'elle se souvienne de mon prénom, ou le fait que nous étions encore les seules dans la librairie, mais je me suis soudain sentie libre. Libre comme cela ne m'était pas arrivé depuis des années. Libre comme lorsque je rêvais à ce que l'avenir pouvait me réserver, dans ma chambre, quand j'étais enfant. Tout est sorti d'un coup. Mon admiration pour elle, pour son parcours. La façon qu'elle avait de mener sa barque, indépendante et intransigeante. J'ai sorti qu'elle était un exemple pour toutes celles qui la croisaient. Enfin, pour moi, en tout cas. Elle a écarquillé les yeux, pouffé, bégayé un début de phrase puis, en fronçant les sourcils, m'a demandé si j'étais en train de lui déclarer ma flamme. Ça ne m'a même pas déstabilisée. J'ai soupiré :

– J'aurais tellement voulu être vous.

C'est elle qui a imposé le tutoiement, à la visite suivante. J'avais laissé passer quelques jours au cours desquels je m'étais immergée dans les livres qu'elle m'avait recommandés. Des récits classiques et bien menés qui suivaient les traces d'artistes célèbres. Michel-Ange à Rome. Rodin en pleine fièvre créatrice. J'étais revenue à la boutique avec un goût d'inachevé. Ce que je voulais, c'était de l'ici et du maintenant. Rencontrer des personnages que je pourrais croiser dans la rue. Comprendre leurs réactions. Éprouver leurs colères, leurs frustrations, leurs espoirs et leurs joies. Je ne cherchais pas à m'évader en lisant. Je cherchais à retrouver mes marques. Je les avais perdues depuis trop longtemps.

Lucie est restée silencieuse pendant quelques minutes en tournant autour des tables pour sélectionner quelques volumes. Sans me regarder, elle a déclaré que le mieux, sans doute, serait que nous déjeunions ensemble, un de ces jours. Elle serait plus à même de me guider – même si, a-t-elle ajouté, elle doutait que j'aie besoin d'une quelconque aide. Les quatrièmes de couverture suffiraient. J'avais des goûts beaucoup plus affirmés que ce que je croyais. J'ai accepté l'invitation tout de suite – mais elle ne s'est concrétisée que deux mois plus tard. Le temps que nous nous jaugions. Elle m'accueillait avec de plus en plus de cordialité, mais je sentais qu'il restait un fond de défiance. Je ne pouvais pas lui en vouloir. Après tout, personne ne recherchait ma compagnie. J'étais une de ces mères de famille oisives qui traversent l'existence comme les épisodes d'une série américaine des années cinquante. Lorsque je me regardais dans la glace de la salle de bains, le matin, je n'éprouvais pas non plus le désir de me lier d'amitié avec moi-même. C'était un cinglant constat d'échec – et personne, dans la maisonnée, ne le remarquait. La seule chose qui me consolait, au fond, c'était d'écouter les actualités et de me rendre compte à quel point la planète allait mal. Dans vingt ou trente ans, tout serait plié. On n'en parlerait plus.

Nous nous sommes retrouvées dans cette cantine mexicaine à demi déserte, à l'écart du centre-ville. C'était la première fois que je m'aventurais dans le quartier. Le patron nous a chaleureusement accueillies. Lucie était visiblement une habituée. Elle a commandé une *fajita* avec des *refritos* et je l'ai suivie, sans bien savoir ce que j'allais manger. Cela n'avait aucune importance. J'avais la sensation très nette d'avoir effectué un pas de côté par rapport à l'existence que je menais, et j'en étais à la fois stupéfaite et très honorée. Surtout, j'étais en compagnie de Lucie

– une situation que j'avais fantasmée de nombreuses fois pendant mon adolescence. Je laissais mon regard errer sur la décoration exotique. J'étais sur un petit nuage. J'en suis descendue très violemment lorsqu'elle a déclaré qu'au fond c'était une bonne idée, ce déjeuner, cela allait permettre de crever l'abcès. J'ai planté mes yeux dans ceux de Lucie. Elle s'est contentée de me fixer sans sourire.

– C'est bien ce que je pensais. Tu n'es au courant de rien, n'est-ce pas ?

Je n'avais pas besoin de répondre. Il suffisait, j'imagine, de voir la tête que j'étais en train de tirer. Ainsi cette invitation avait une raison d'être – et une sérieuse. Des dizaines d'images se percutaient devant mes yeux, incluant des visages auxquels je n'avais pas pensé depuis des années, tandis que je tentais de reprendre mes esprits et que, d'une voix étranglée, je murmurais :

– À propos de quoi ?

Lucie a soupiré et a hoché la tête plusieurs fois avant de répondre par une question :

– De Léa et de Guillaume ?

Le soulagement. Immédiat. Égoïste. Je n'étais pas en cause. Il s'agissait de mon fils et de la fille de Lucie. Une histoire d'amour malheureuse, sans doute. Guillaume ne se vantait pas de son succès auprès des filles. Il n'en avait pas besoin. Son père s'en chargeait. Il l'avait rencontré à plusieurs reprises au bras de conquêtes. Il en tirait une fierté que je m'efforçais de ne pas trouver déplacée. En présence d'invités, il n'hésitait pas à faire des allusions, que Guillaume feignait de rejeter avec force, mais qui, je le savais, flattaient son ego. Je me répétais cette phrase que j'avais entendue dans un film un jour : « Les hommes, ensemble, c'est pitoyable. » Voilà. Guillaume avait dû séduire la fille de Lucie et avait dû rompre avec la brutalité dont je le savais capable. Lucie avait passé des jours entiers à consoler sa fille et elle en voulait à Guillaume. La vie, quoi. En face, Lucie s'est fendue d'un demi-sourire ironique.

– Et là, tu es en train d'imaginer une histoire gâchée et un chagrin d'amour, parce que, que tu le veuilles ou non, tu restes prisonnière de tes schémas.

Le viol. C'est ce qui s'est imposé à moi à ce moment-là. J'ai chassé l'idée tout de suite. S'il y avait eu viol, Lucie aurait poussé sa fille à porter plainte. Nous en aurions entendu parler. Ou alors, il s'agissait de cette fameuse zone grise dont on parlait tant en ce moment. Ce moment où la femme n'a pas donné son accord et où l'homme se méprend. Non. Ce n'est pas la bonne formulation. Ce moment où l'homme profite de l'indécision de la femme. Non. C'est encore autre chose.

– Il n'y a rien de sexuel dans cette histoire, Françoise.

C'est comme si Lucie avait suivi le fil de mes pensées. Étais-je réellement si transparente ? Je l'observais. Elle a pris une grande inspiration avant de se lancer. Elle a parlé de harcèlement. De harcèlement qui s'attaque à l'âme et non à la chair. Elle a raconté les humiliations quotidiennes, alors que nos enfants fréquentaient le même établissement. Guillaume était de ces élèves phares dont tous les professeurs retiennent le prénom, tandis que Léa tentait de se faire la plus discrète possible. Les insultes. La grosse, la moche, l'abrutie, la connasse. Le bannissement des fêtes. L'intimidation auprès des autres pour qu'on ne s'avise pas d'adresser la parole à la proie désignée. Les phrases répétées au détour des couloirs : « Tout le monde te déteste, est-ce que tu comprends ça, tout le monde te déteste ? » La tête rentrée dans les épaules, rasant les murs, Léa avait cherché des explications mais n'en avait trouvé aucune. Elle avait très rapidement perdu confiance en elle. Ses résultats avaient dégringolé. Ses parents s'étaient inquiétés. Pendant de longues semaines, elle n'avait rien voulu dire. Et puis d'un coup, elle avait craqué. Lucie avait averti la direction, mais le principal avait tiqué. Il était même allé jusqu'à mettre en doute la véracité des propos de Léa, parce que, vous comprenez, Guillaume Leclercq, non, c'est un modèle pour les autres tout de même, et si prompt à aider son prochain. Excellent camarade. Intellectuellement, n'en parlons pas – des coudées au-dessus des autres.

Lucie a expliqué qu'elle aurait pu menacer et porter l'affaire plus loin, devant les médias locaux ou les tribunaux. Mais elle n'en a pas eu la force, et elle craignait que sa fille n'en pâtisse encore plus. Elle traînerait son histoire comme un boulet. On était arrivés à un compromis : un changement d'établissement, en toute discrétion. De toute façon, il était hors de question que Léa revienne dans ce collège où son pire ennemi régnait en maître. La suite de sa scolarité n'avait pas posé de problèmes, mais ses résultats n'avaient jamais retrouvé l'éclat qu'ils avaient eu avant. Surtout, elle avait mis beaucoup de temps avant de se faire de nouveaux amis. Elle n'avait plus confiance en personne.

– C'est ça le pire, tu vois, Françoise. Ce n'est pas tant les notes ou la réussite sociale, ça, je m'en moque, et tu le sais. Il y a des milliers de façons de s'épanouir dans la vie et la plupart d'entre elles ne passent pas par l'obtention de diplômes ronflants. Mais la perte d'assurance, la fragilité qui en naît, c'est difficile de lutter contre. Malgré les thérapeutes. Malgré le temps qui passe. Elle va bien maintenant, heureusement, mais je crois que si elle rencontrait ton fils dans la rue, elle changerait immédiatement de trottoir au lieu de se planter devant lui et de le gifler.

Je me suis levée. Puis rassise. J'ai tenté de prononcer quelques mots mais rien ne sortait. J'avais mal à la tête. J'aurais voulu m'étendre sur le carrelage et disparaître. Ou revenir quelques heures en arrière. Quelques semaines même. Ne jamais être entrée dans la librairie. Mais c'était ridicule. Ignorer n'efface rien. L'important, c'est d'admettre. Et de réparer, quand c'est possible. C'est ce que j'ai proposé tandis que le patron posait sur la table des plats que je ne me souvenais pas d'avoir commandés et dont je n'avais plus du tout envie.

– Je ne sais pas quoi dire.

– Rien, c'est très bien. Honnêtement, j'avais peur que tu réfutes tout en bloc et que tu partes en claquant la porte. J'aurais compris.

– Je... je ne... Je crois que ce n'est pas une si grande surprise pour moi.

– Tu as eu des soupçons ?

– Non, mais... Je vois bien le type d'homme qu'il est en train de devenir. Sa brusquerie. Sa façon de s'esclaffer. La manière dont il se moque des gens en leur présence tout en ajoutant que c'est pour rire, évidemment. Comme si aucun d'entre eux ne pouvait se vexer. Ce sentiment de toute-puissance. Je... Il faut que je rencontre Léa. Il faut que je m'excuse.

– Françoise, Léa est une adulte maintenant, comme Guillaume, et elle mène sa barque. Les seules excuses qu'elle accepterait viendraient de Guillaume. Et encore, je n'en suis pas persuadée. Elle lui voue une haine féroce... Elle ne pardonne pas. En fait, tu sais, si je n'ai pas voulu qu'on porte plainte, c'est parce que j'imaginais bien que tu n'étais pas au courant. Je me souvenais de toi au lycée, et puis je te croisais de temps en temps en ville, même si tu ne me reconnaissais pas ou que tu m'évitais, et tu avais l'air... comment dire ça, gentille.

– Conne ?

– Non, justement. C'est idiot cette histoire de « trop bon, trop con ». Il n'y avait pas d'arrogance en toi. J'avais l'impression que tu avais de l'empathie pour les autres et que tu ne regardais personne avec pitié. Je n'avais pas tort.

– Je n'osais pas t'aborder. Parfois, je passais un temps fou à formuler des phrases, à imaginer des rencontres. Tu m'as toujours tellement intimidée. J'aurais voulu être aussi déterminée que toi. Subir moins.

– Nous subissons toutes, Françoise. Simplement, nous n'avons pas les mêmes parcours, ni les mêmes armes.

Mon fils est une ordure. Mon fils est une ordure. Mon fils est une ordure.

– Madame, vous avez besoin d'aide ?

Le retour dans le présent est brutal et je ne comprends pas tout de suite ce que me veut ce jeune homme – le serveur ou le patron, celui qui ne s'appelle pas José en tout cas – qui se penche vers moi. Je me rends compte que des larmes coulent sur mes joues et ruinent mon maquillage. C'est pathétique. Je tressaille. Je me dandine sur la banquette tout en murmurant des excuses. Le jeune homme répond qu'il n'y a aucune raison de s'excuser. C'est lui qui s'immisce dans mon intimité, c'est donc à lui de demander pardon. Je tente un sourire timide, qui doit sembler bien pâle. Je glisse que sa maman doit être fière d'avoir un fils comme lui. Il hausse les épaules. Il répond qu'il ne sait pas, parce qu'ils se voient rarement et que ce n'est pas le genre de conversations qu'ils ont. Mais peut-être que oui, au fond. Il espère surtout qu'elle n'est pas trop déçue. Elle l'a été, par le passé. Beaucoup. Cela fait peu de temps finalement qu'il a, comment dire, changé sa place dans le monde. Oui, c'est ça – changé sa place dans le monde.

– Mais pourquoi je vous raconte ma vie, moi ? ajoute-t-il en forçant un rire. Je voulais juste m'assurer que vous n'aviez besoin de rien. Je ne souhaitais pas vous importuner.

– Est-ce que ça vous dérange si je reste encore un peu ? Je vais prendre un autre thé. Dans la même théière. Il était très bon.

Il s'éloigne. Mon portable sonne. Guillaume. Je laisse sur messagerie. Quelques minutes plus tard, mon mari. J'éteins le téléphone. Ce que Guillaume et son père ne comprendront jamais, c'est que c'est de mon fils que je me sépare, plus que du couple que je forme avec Marc. Je ne veux plus jamais entendre parler de lui. De ses succès. De ses exploits. J'ai appelé Annabelle avant-hier. Je lui ai proposé qu'on se voie. Elle était méfiante, à l'autre bout du fil. Elle m'a clairement annoncé qu'il était hors de question qu'elle se remette avec Guillaume, si tel était mon but.

– Pas du tout, Annabelle. J'aimerais juste discuter un peu avec vous. Il y a ces zones d'ombre que je voudrais éclaircir.

Quelques secondes de silence – des anges et des démons qui passent. Je relance la conversation.

– C'est un monstre, non ?

Et la réponse, après une légère hésitation :

– Oui. Je crois qu'on peut dire ça, oui.

Sur la banquette du café, je hoche la tête toute seule. Je suis une vieille folle qui suit le cours de ses pensées et mâchonne des phrases. La jeune fille de la table du fond doit s'en donner à cœur joie, si elle aime grossir les traits et caricaturer.

Chloé

Je me suis arrêtée de crayonner. Je vois de dos cette femme dont le fils a quitté précipitamment les lieux tout à l'heure. Sa tête balance à la façon de ce petit chien en feutrine que mon père m'avait acheté un jour dans une station-service. On le pose sur la plage arrière et comme ça, avait ajouté mon père, tu le regardes, et tu ne t'ennuies pas. C'était la période où je réclamais régulièrement un chaton ou un chiot, dont mes parents ne voulaient pas entendre parler parce que c'est « beaucoup d'entretien » et que « c'est tout un bordel de trouver quelqu'un pour s'en occuper pendant les vacances ». J'ai suivi les conseils de mon père, ce jour-là. J'ai observé le mini-chien qui hochait la tête. J'ai senti la nausée monter. Le crissement de pneus. Le vomi sur le bord de la route. Mon père partagé entre l'agacement parce que ça allait baisser sa moyenne kilométrique et la satisfaction d'avoir refusé de prendre l'autoroute, parce que tiens, ça t'arrive, ça, sur une autoroute, tu te gares en catastrophe sur la bande d'arrêt d'urgence, à peine la gamine sortie, un camion passe à toute allure et la happe et hop, elle est morte.

Je suis fille unique. Je le regrette encore aujourd'hui. Je pourrais appeler mon frère ou ma sœur, et on programmerait un déjeuner au cours duquel on se moquerait de nos parents. Enfin, de notre mère, puisqu'il ne reste plus qu'elle. De ses contradictions. De ses fantasmes de nouvelle vie.

Une cliente entre et demande si elle peut se mettre en terrasse maintenant que l'averse est passée. José maugrée que oui, mais qu'il va falloir attendre un peu pour qu'il dispose les tables, il est débordé pour l'instant – la femme hésite deux secondes puis s'en va sans même un au revoir. Je jette un coup d'œil à l'autre table occupée. Ils sont deux, du même âge peu ou prou. Ils se connaissent sans doute depuis longtemps. Il n'y a pas d'échanges. Le premier parle tout seul et le second le fixe en souriant – dans ses yeux, un étrange mélange de tendresse et de désespoir. J'entends des bribes de phrases, parce que celui que je ne vois que de dos n'hésite pas à élever la voix. Il doit avoir l'habitude de prendre la parole en public. Il exsude la confiance en lui.

Ari était un peu comme ça. Très sûr de son fait. Et en même temps plus carré, plus polaire. Finlandais, quoi. La fameuse alliance volcanique des pentes glacées et du cratère brûlant. Si le gesticulateur part en premier tout à l'heure, j'irai bien glisser quelques mots à son interlocuteur. Le féliciter pour son calme et son impassibilité face à la logorrhée. Je lui avouerai que son ami, là, la seule chose dont on ait envie, c'est de lui coller une paire de gifles. Évidemment, je ne le ferai pas. Je ne suis pas ce genre de femme. Je ne sais pas du tout quel genre de femme je suis, d'ailleurs. Une sans-attache. Une qui s'est installée très loin d'ici, au Nord, et qui en est revenue ni plus riche ni plus pauvre qu'avant. Je revois le visage d'Ari, ses yeux mobiles, la petite tache de naissance sur la joue gauche. Les cheveux d'Annika. La lumière leur donnait des reflets roux. Leur image m'accompagne quelques secondes puis se dissout. Parfois, je parviens à me persuader qu'ils n'ont jamais existé.

J'avais un salon de thé à Vantaa.

C'est ma formule magique, mon mantra, lorsque je suis au plus bas. Ces huit mots convoquent une foule d'images. Mon tablier. La tarte au citron meringuée. Les *mustikkapiirakka,* compromis entre le crumble et la tourte aux myrtilles. Les *pannukakku,* ces crêpes qui tiennent au corps. Mme Virtanen qui voulait que je l'appelle Maija et qui ne comprenait pas que je continue à lui donner du « Madame », malgré son grand âge. Le chien de Heikkinen, le voisin du dessus. Ari qui glissait la tête dans l'entrebâillement de la porte et laissait entrer l'air frais – ou glacial. Je levais les yeux, j'apercevais les passants qui se rendaient au centre commercial. Les immeubles, disséminés autour de la place. Les villes finlandaises ne sont pas attirantes. Elles ne croulent pas sous les vestiges et les monuments, comme les françaises. Elles sont plus âpres. Je m'y sentais bien, pourtant. Mon cocon. Rien ne pouvait m'arriver au pays du Père Noël. J'entendais la voix d'Annika qui... Non. Revenir au présent.

Ah, cette fois-ci, José semble avoir renoncé. Il m'envoie son acolyte – enfin, son patron si les informations que j'ai recueillies sont exactes. C'est étrange. On imaginerait plutôt José en gérant et Fabrice en garçon de café. Il n'adopte pas la même technique que son collègue. Il nettoie les tables déjà propres qui jouxtent la mienne, puis l'air de rien, il relève la tête, regarde quelques instants la rue par la baie vitrée, me demande doucement si je souhaite commander de nouveau ou si je préfère qu'on me laisse tranquille. C'est tellement inattendu que je suis déstabilisée.

– Oui... oui, bien sûr. J'espère que je ne vous dérange pas trop. Je... J'ai l'impression que j'agace profondément votre collègue.

– José ? Oh non, ne vous inquiétez pas. Il bougonne souvent mais c'est une crème. Bon, c'est mon plus vieil ami, alors je ne suis pas objectif.

– Vous tenez le bar tous les deux ?

Il rit. C'est le verbe « tenir » qui l'amuse, précise-t-il. C'est comme si on parlait de chevaux qu'il fallait domestiquer. Ou d'un voilier menacé dans la tempête. « Cela dit, ajoute-t-il, vous avez raison, cette dernière année, ça a ressemblé à une tempête. Nous ne savions pas si nous pourrions rouvrir. » Il s'excuse de me déranger avec ses sornettes, alors que j'ai l'air très occupée. Je souris. Je réponds que je n'ai pas entendu le mot « sornettes » depuis des lustres – probablement depuis le primaire. C'est la référence à l'école qui me donne le courage de me lancer :

– Vous vous appelez Fabrice Ortega, non ?

Il marque un temps d'arrêt. Il est là, l'éponge rose à la main, hésitant entre l'inquiétude et l'intérêt.

– Euh... nous nous connaissons ?

Et là, j'imagine la panique, les visages et les peaux qui défilent, est-ce que par hasard, un soir d'ivresse, j'aurais couché avec cette fille, est-ce que lors d'une soirée estudiantine ou lycéenne on aurait flirté, on se serait éloignés des autres et je lui aurais touché les seins ? Il rosit et cela me le rend encore plus sympathique.

– Non, pas vraiment. Enfin si, mais on n'était pas, comment dit-on déjà, proches, ni familiers. Nous étions dans la même classe d'espagnol au collège. S'il vous plaît, quand je vous dirai mon nom, ne faites pas semblant de vous rappeler, parce que j'étais une souris grise qui rasait les murs. Vous n'avez probablement aucun souvenir de moi.

– D'accord. Mais il faut quand même que vous me révéliez votre identité si vous voulez que j'aie une quelconque réaction.

– Je m'appelle Chloé. Chloé Fournier. Vous voyez, ça ne vous évoque rien. Je n'étais pas du type solaire. C'est toujours le cas d'ailleurs, sinon je ne serais pas assise dans l'arrière-salle.

– Pourtant, vous êtes installée à côté de la baie vitrée. Vous pouvez observer tout ce qui se passe dedans et dehors.

Je ne relève pas. Je retrouve peu à peu les traits de Fabrice Ortega, en classe de quatrième. Il n'était pas non plus très bavard. Mais il jouissait d'une certaine popularité. Pas excessive non plus. Disons que tout le monde semblait l'apprécier – ce qui n'était pas mon cas. Je pousse le bouchon un peu plus loin, et je m'aperçois que cela m'amuse.

– Vous portiez souvent un tee-shirt dont j'étais terriblement jalouse. Une vue de Manhattan depuis le pont de Brooklyn.

Son visage s'illumine de suite derrière le masque. Il s'en souvient parfaitement. Il l'avait obtenu de haute lutte au moment des soldes à l'hypermarché du coin. Ensuite, il avait prétendu que c'était son oncle qui lui avait rapporté des States. On ne disait pas « États-Unis » ou « USA ». On lançait « States », comme ça, à la cantonade, et tous les autres ouvraient de grands yeux.

– Et puis un jour, vous m'avez aidée sur un problème de maths. Oh, juste quelques minutes, dans le couloir du bâtiment B, à côté des toilettes.

Il plisse les yeux. Cela lui évoque quelque chose, oui. Un souvenir brumeux. Les petits carreaux qui revêtaient le sol. Les allées et venues permanentes des filles et des garçons (des filles surtout), qui avaient transformé les WC en boudoir – leurs sujets préférés, les garçons, les garçons et les garçons. Les menstruations parfois aussi. En revanche, il a beau chercher, il ne retrouve pas cette image de lui donnant des conseils sur des exercices à l'une de ses camarades. Il panique. Je le rassure.

– Vous voyez, je vous avais prévenu, vous ne me remettez pas.

– Je suis désolé.

– Il n'y a vraiment pas de quoi. Je faisais de gros efforts pour passer inaperçue. C'était un exercice sur les identités remarquables.

Il se balance d'une jambe sur l'autre, son éponge à la main. Son cerveau tourne à toute vitesse, et pourtant rien n'en sort.

– Normalement, là, Fabrice Ortega, soit vous déclarez que vous êtes enchanté mais que le devoir vous appelle, et vous vous débarrassez du fardeau, soit vous demandez poliment ce que je deviens et je vous réponds avec un brin de malice que je suis assise dans le bar où vous travaillez et que j'y enchaîne les cafés pour qu'on ne me vire pas.

– Personne ne vous virerait.

– Vous, peut-être pas, mais José, je n'en suis pas si certaine.

– Non, vraiment, je vous assure. De toute façon, c'est moi qui décide.

– Pardon ?

– Je suis le propriétaire des lieux.

Il rougit violemment et balbutie qu'il ne disait pas cela pour se vanter. Il s'embrouille dans ses justifications. Je viens à sa rescousse.

– L'important, c'est de savoir si ça vous plaît, d'être propriétaire.

Il hausse les épaules. Il répond que la propriété en elle-même, il ne sait pas trop. En revanche, il n'imaginait pas que cela le passionnerait autant de s'occuper d'un établissement. Y compris des parties qui paraissent les plus rébarbatives, la gestion des stocks, le rapport avec les fournisseurs. Il explique qu'au départ il était plutôt parti vers l'informatique, c'était l'époque où tout le monde se ruait vers les études supérieures courtes incluant les noms « réseaux », « communication » et « virtuel » – on pensait que les entreprises recruteraient en masse dans ces domaines-là. Ce n'était pas faux d'ailleurs, sauf que les emplois étaient finalement très répétitifs et mal payés. Il écarquille brièvement les yeux, semble se réveiller brutalement et s'excuse à nouveau de m'importuner avec son babillage.

– Arrêtez de vous excuser, Fabrice. J'ai toujours beaucoup aimé écouter les autres. C'est confortable.

– C'est aussi ma position préférée. Tenir un bar, pour le coup, c'est l'idéal.

Je me retiens au dernier moment de riposter que j'en sais quelque chose. Je n'ai encore parlé de Vantaa à personne, ici. Ce n'est pas avec une vague connaissance que je vais commencer. Mais c'est tout ce qu'il me reste dans cette ville, de « vagues connaissances ». Je n'ai plus d'amis dans la région. Cela ne m'attriste pas. J'aime l'idée d'être de passage.

– Du coup, je ne vous ai pas demandé ce que vous deveniez.

– Et du coup, je n'ai pas pu vous répondre que je griffonnais dans les cafés.

– Artiste ?

– Si peu. Disons que je suis coincée dans une sorte de parenthèse dont je n'arrive pas à sortir.

– À cause de la crise sanitaire ?

– En partie, oui. Avant, j'habitais près d'Helsinki, en Finlande.

J'ajoute le pays parce que les rares interlocuteurs que j'ai eus depuis dix-huit mois ont du mal à placer la ville sur une carte. Le pays, non. Ils voient bien le contour des trois pays, la frontière russe. Les étendues de bois et de neige. Ils ne comprennent pas comment on peut avoir envie d'aller vivre dans un endroit pareil.

Fabrice Ortega lâche un rire franc et admet que c'est la première fois qu'il rencontre quelqu'un qui a habité en Finlande.

– Oui, j'imagine. Soudain, je suis entourée d'un halo de mystère. Mais finalement, c'est comme vous en patron de bar. Sur les bancs de l'école, on se construit des avenirs et finalement, on ne suit pas les rails qu'on avait tracés.

– Je peux vous offrir quelque chose ? Un thé ? Une... bière ?

– Un tutoiement, peut-être. Sinon, j'ai faim et je crois que je vais commander un petit déjeuner complet, viennoiserie, double café, jus d'orange, mais j'insiste pour payer, sinon votre ami José va me tuer sur place. Et puis j'ai ma dignité.

– Je vous apporte ça tout de suite. Vous... Vous restez encore un moment, du coup, non ?

Il tourne les talons et je m'absorbe dans la contemplation de la chaussée en train de sécher. Le ciel semble se dégager et quelques rayons percent. Je résiste à la tentation de vérifier sur mon smartphone la météo à Vantaa. Je vois Fabrice qui échange quelques mots avec José, qui lève les yeux au ciel. Je dois être au centre d'une conversation. Cela ne m'est pas arrivé depuis des lustres. C'est du champagne que j'aurais dû commander.

José

Il est passé derrière le bar en souriant et m'a glissé : « Elle pense que tu ne l'aimes pas. » J'ai haussé les épaules. Je la connais pas, cette fille, alors, c'est pas une question de sentiments.

– C'est pas elle, c'est le genre.

– Quel genre ?

– À s'asseoir sans rien consommer pendant des heures et à prétendre être artiste alors qu'elle ferait mieux de bouger son cul et de trouver un boulot. Ça devrait pas être trop difficile. Il y a pénurie partout en restauration, en service, en vente, et ce sera encore pire s'ils nous imposent le passe sanitaire ou une connerie du genre.

Fabrice a reculé de quelques centimètres en fronçant les sourcils.

– Dis donc, je vais lui donner raison. Tu ne peux pas l'encadrer, en fait. Une que tu aurais draguée en boîte et qui t'aurait envoyé balader ?

– J'étais videur, pas client. C'est moi qui l'aurais jetée. Et puis non, vraiment, c'est pas du tout mon type de femme. Le côté évaporé-je-vis-d'amour-et-d'eau-fraîche, et de l'argent que mes parents me donnent tous les mois, très peu pour moi.

– Mais d'où tu sors ça, toi ?

– Elle habite dans le quartier de mon ex. Depuis le début du confinement en tout cas. Assez belle baraque même si elle commence à dater. Bon terrain. Apparemment, le tout appartient à sa mère, qui a déménagé je ne sais où avec un type beaucoup plus jeune qu'elle.

– Mais dis donc, c'est Radio Potin, le quartier de ton ex !

– T'imagines pas à quel point ! Si je me rappelle bien, elle vient de Pétaouchnok dans le Nord, limite le cercle polaire. Elle donnait aucune nouvelle et puis d'un seul coup, pouf, la voilà qui rapplique au moment où le gouvernement décide de tout refermer. C'est comme tous ces merdeux de Parisiens qui ont quitté leur studio pour vite vite se claquemurer chez papa-maman, cric-crac, c'est ma maison, c'est tout fermé, plus personne peut entrer.

Fabrice a souri et a murmuré que ce qui lui plaisait chez moi, c'était mon sens de l'humour et de l'hyperbole. Ce qui m'a toujours fait craquer chez lui, c'est sa façon de prendre en compte mon avis. Et puis sa loyauté, bien sûr. C'est rare, quelqu'un de loyal. Alors forcément, on dépose les armes et on s'incline.

N'empêche que c'est vrai : tous ceux qui étaient partis suivre des études à la capitale ou ailleurs et qui prétendaient profiter pleinement de cette existence dont ils rêvaient depuis des années, culture à portée de main, tourbillon d'idées et de rencontres, fêtes improvisées, se sont réveillés un matin avec cette annonce glaçante : dans trois jours, ils seraient coincés dans ce minuscule deux-pièces, dans cet immeuble pourri donnant certes sur le canal Saint-Martin mais dont la tuyauterie était constamment bouchée et le toit branlant ; ceux-là mêmes qui revenaient ici le week-end en gueulant leurs certitudes dans les bars, la province c'est l'enfer, tout le monde espionne tout le monde, c'est dingue comme il n'y a aucune distraction à part le Multiplex – eh bien, ils ont tous rappliqué ventre à terre, bien contents finalement que leurs parents habitent encore ce bled qu'ils détestaient pendant leur adolescence et dont ils se moquaient ouvertement dès qu'ils repartaient vers leur eldorado. Ce sont les mêmes qu'on a vus dans les semaines qui ont suivi le confinement se promener panier à la main pour se rendre à l'Arche Verte, le supermarché bio, et en ressortir ravis parce qu'ils avaient déniché des poires extraordinaires, issues directement d'un verger du coin. Finalement, ils trouvaient des attraits à ce retour forcé. Le problème, parfois, c'était la cohabitation avec des parents qui, franchement, ne résidaient pas dans le même fuseau horaire qu'eux. Et puis la connexion

Internet aussi. Incroyable qu'on n'ait pas la fibre partout aujourd'hui, dans ce pays.

Ils ont pris ça comme des vacances. Nous non. Je venais de rompre avec mon ex. Je devais déménager, mais tout s'est précipité et j'ai à peine eu le temps de réfléchir. Je me suis affolé. Hors de question de revenir dans le quartier d'où je viens et dont je suis pourtant fier. Enfermé dans une barre d'immeubles de six étages où le bruit est constant et les murs en papier mâché, avec des parents déboussolés de se retrouver avec un fils dont ils pensaient s'être débarrassés, impossible. C'est Fabrice qui m'a sauvé la mise, une fois de plus. Il habite à l'autre bout de la ville, dans un grand appartement qui donne sur un parc et des champs plus loin, dans un bâtiment calme et en partie désert parce que finalement, il convient à peu de monde : trop éloigné du centre et des commerces, trop cher pour le quartier, pas assez pratique, pas de balcon – on préfère raquer un peu plus et carrément s'acheter un pavillon, au moins on est chez nous. Le surlendemain de l'annonce du président, Fabrice m'a glissé que si j'avais pas d'endroit où atterrir à partir de la semaine suivante, je pouvais m'installer chez lui. Il y avait deux chambres, un grand salon – c'était un peu loin de tout, mais bon. On pourrait faire du footing dans le parc en face. J'ai même pas su comment réagir. J'aurais voulu le serrer dans mes bras. L'embrasser. Pleurer, même. Tout ce que je suis parvenu à sortir, c'est une vanne sur les anges gardiens. J'ai ajouté qu'il me sauvait la mise avec une sorte de grognement pour qu'il comprenne que c'était de l'ironie. Alors que non. Sûrement pas. Pour la deuxième fois, Fabrice venait à ma rescousse. Le lendemain soir, je suis arrivé avec deux sacs, une valise, ma guitare. Nous avons fait les courses dans un hypermarché bondé, sans aucune distanciation sociale. En rentrant nous nous sommes affalés dans le canapé. Nous étions prêts.

J'avais été flatté qu'il pense à moi, avant le confinement, pour le seconder quand il a repris le Tom's. Je me souviens du moment où j'ai reçu le message. C'était un dimanche. Je me répétais qu'il fallait que je quitte le bar pour lequel je travaillais – et puis je devrais tôt ou tard parler à Tiphaine de ma famille. De mon passé. Je ne pouvais pas continuer à lui mentir. Je broyais un gris-noir qui me minait. Les lignes écrites par Fabrice se sont affichées et d'un seul coup, la journée s'est éclaircie. J'ai répondu tout de suite que j'étais partant. Je me demandais quand même comment il avait réussi à réunir les fonds pour racheter l'affaire. Je me suis promis de le questionner un jour, et finalement j'en ai jamais eu le courage. J'imagine qu'il y a un banquier dans sa famille ou que ses vieux ont le bras long. C'est ce qui nous sépare depuis l'enfance, Fabrice et moi : on n'est pas nés du même côté de la rocade. D'un côté, les quartiers, avec les barres d'immeubles qu'on repeint régulièrement pour effacer les tags, et qu'on abat parfois parce qu'elles sont insalubres, un stade entouré d'un parc surtout fréquenté au crépuscule, la piscine avec le premier « i » qui manque, si bien qu'on rigole tous en déclarant qu'on peut pas, on a *pscine*. De l'autre, un de ces quartiers pavillonnaires construits dans les années soixante et qui a dû tripler en superficie ces vingt dernières années, bouffant les champs et les anciennes fermes qui se trouvaient là. Un dédale de ronds-points et de sens uniques où les moniteurs d'auto-école aiment bien venir perdre les débutants. Les parents de Fabrice ont investi très tôt dans leur maison, l'ont agrandie, ont acquis le terrain d'un voisin – bref, ils sont pas à plaindre. Ils ont même un garage assez grand pour y organiser des fêtes le samedi soir. J'ai jamais été invité à aucune de ces soirées. Fabrice et moi, on n'est pas des amis d'enfance. On a juste fréquenté les mêmes écoles, parce que les parents de Fabrice voulaient pas entendre parler des curés, alors que tous ses voisins prenaient le bus pour le bahut privé. On s'est vus grandir. On a aussi fait partie de la même équipe de basket au collège et il était plus doué que je le pensais. Il savait se faufiler et offrir des passes décisives. Question lancers francs, c'était plus compliqué. Voilà, on aurait dû en rester là. Le hic, ça a été Yasmine. Yasmine nous a bien fait comprendre séparément qu'elle hésitait. Entre nous deux. Qu'elle en perdait le sommeil. Ça tombait bien, nous aussi. On avait 16 ans.

L'autre hic, il est advenu un vendredi soir, à la sortie du lycée. De l'autre côté du pont de la rocade. Ils bloquaient le trottoir de la rue du Maréchal-de-Lattre-de-Tassigny – la porte d'entrée de mon quartier. Ils étaient trois. Ils avaient quelques années de plus que moi. Je les connaissais bien. J'ai grogné. Je me doutais qu'à un moment ils remarqueraient que je prélevais une commission sur les barrettes. Celles que j'étais censé revendre pour eux. Dernièrement, j'avais eu la marge un peu gourmande. J'avais envie de fringues qui en jettent. J'avais envie d'épater Yasmine. De la faire pencher du côté de ma balance et pas du côté de ceux qui ont toutes les chances d'emblée parce qu'ils habitent dans un pavillon avec un garage où on peut organiser des fêtes – même si, on m'avait raconté, la honte, c'était que la mère de Fabrice venait jeter un coup d'œil de temps à autre, pour vérifier si la consommation d'alcool était pas trop importante et la musique pas trop forte.

Normalement, voici ce qui aurait dû se passer : je me faisais démonter la gueule. Une fois bien amoché, avec mes vêtements déchirés et mon nez en sang, je jurais sur la tête de ma mère que je rendrais la somme que je devais, avec les intérêts bien sûr. J'obtiendrais probablement un délai d'une quinzaine de jours – et là, il faudrait que je sois inventif, sinon, je deviendrais pendant quelques semaines, quelques mois et souvent quelques années, l'esclave de L., le boss du quartier. Les trois m'attendaient, tranquilles, avec ce petit sourire qui était la pire des menaces. Je pensais à mes côtes. À mon visage gonflé. À l'impossibilité de voir Yasmine pendant quelque temps. Aux mensonges que j'allais être obligé d'inventer et auxquels elle ne croirait pas. Du coup, elle irait directement chez l'autre. Plus calme. Plus rassurant surtout, même s'il l'agaçait à jamais terminer ses phrases. C'est elle qui me l'avait confié. À croire que sa pensée n'était qu'une suite de points de suspension. J'avais ri. Moi, j'avais cette détermination qu'elle appréciait. Je traçais ma route. J'ai pris une profonde inspiration et j'ai traversé le pont. Ça aurait servi à rien de prendre mes jambes à mon cou et de me cacher – d'abord j'avais nulle part où aller, ensuite, ils me retrouveraient bien un jour et ils seraient encore plus nerveux.

T., celui qui s'était attribué le rôle du gentil, a exposé la situation. On aurait dit une de ces émissions de télévision dont ma mère raffolait : un tribunal, un accusé, un avocat. Sauf qu'il y avait pas d'avocat et que le jugement allait être expéditif. Je devais six cents euros, plus trois cents d'intérêts, neuf cents euros. Est-ce que je les avais sur moi ? Non ? Alors qu'est-ce qu'on fait ?

J'ai pas eu le temps de répondre. Sorti de nulle part, Fabrice s'est matérialisé à mes côtés, avec sa corpulence de chat mouillé. J'en suis resté bouche bée. Les autres en face aussi. D'où sortait ce blanc-bec qui venait se mêler de ce qui ne le regardait pas ? Il a pris la parole. Un peu plus et il sortait un carnet pour noter les réponses. Il a voulu savoir quel était le problème, et ça les a sciés, les autres. T. a même commencé à rire en me demandant qui c'était ce bouffon, là. Sans quitter le trio des yeux, j'ai conseillé à Fabrice de passer son chemin. Il n'a pas bougé.

– Tu leur dois combien ?

– Neuf cents.

La réponse est sortie toute seule. C'est qu'après que je me suis rendu compte qu'en fait il avait compris ce qui se tramait. Qu'il était probablement au courant, pour le trafic. Qu'il gardait un œil sur moi. Cette fois-ci, ce sont les trois d'un coup qui ont gloussé. C'était qui, lui ? C'est ton mec ? T'es pédé ? C'est qui l'homme dans le couple ? Tu couches pour du fric aussi ?

Fabrice s'est pas démonté. Il a commencé à parlementer. À demander quand la somme devait être versée pour éviter un bain de sang. Il utilisait des expressions ridicules qui sonnaient comme dans un mauvais téléfilm, et les autres en face ricanaient, mais répondaient quand même. J'aurais aimé qu'il dégage, qu'il me laisse seul face aux emmerdes que je m'étais moi-même créées, mais j'arrivais pas à en placer une. J'étais devenu témoin d'une espèce de joute verbale ahurissante. Finalement, ils se sont mis d'accord sur le vendredi même heure, autre endroit, plus discret, l'entrée du parking, personne prêterait attention à un échange d'enveloppes. L'un des membres du trio a râlé – ce serait quand même plus simple d'aller quelque part dans la cité, mais Fabrice a tenu bon : échange de marchandises en terrain neutre, c'était mieux pour tout le monde. Je voyais pas en quoi c'était mieux pour qui que ce soit, mais il avait un aplomb que je lui connaissais pas et les autres ont cédé. Ils sont repartis en oubliant de nous abreuver d'insultes. Quand ils ont disparu au coin de la rue, j'ai lancé :

– C'est quoi exactement, cette comédie ?

– Tu es dans la merde. Je viens t'aider.

– Je t'ai rien demandé.

– Je déteste le combat inégal. Je vous ai vus de l'autre côté de la rue. Trois contre un, c'est un massacre.

– Tu espères que je vais te laisser le champ libre avec Yasmine en échange, c'est ça ?

– Yasmine choisira bien qui elle veut, et si ça se trouve, ce sera aucun de nous deux. Bon, on ne va pas rester là indéfiniment !

– C'est toi, le roi des plans, non ? Alors, on fait quoi ?

– On pisse et on va à la banque.

– Pardon ?

– J'ai eu les jetons, José. Et pas qu'un peu. La trouille, ça me donne toujours envie de pisser.

– T'as bien dit la banque ?

– J'ai un compte épargne. Le truc sur lequel tu mets l'argent que te donnent tes grands-parents, tes oncles et tes tantes, à Noël et pour ton anniversaire, et sur lequel tes parents te virent une petite somme tous les mois pour que tu puisses te payer ton permis et les mensualités de ta première voiture.

– Merci, je sais ce que c'est, un compte épargne. Même si je connais personne qui en a un. Et tu vas demander neuf cents euros, ils vont te les filer en billets, tu vas me les confier et voilà ?

– Exactement. En deux fois, parce que je n'ai pas le droit de sortir plus d'une certaine somme par jour.

– Tu attends quoi en retour ?

– Écoute, je vais exploser. On en reparle une fois que je serai à vide. Je vais pisser.

On n'a pas vraiment abordé le sujet de nouveau. On a tourné autour. C'est là que j'ai perçu une des grandes forces de Fabrice : il se met en retrait, mais il reste attentif à tout, il écoute, il observe, et puis brusquement, il agit. Il est pas du tout le dilettante qu'on imagine. Il est d'une efficacité incroyable pendant quelques jours, et ensuite, il se fait discret à nouveau, mais la vie a radicalement changé. En tout cas, la mienne a radicalement changé. Au guichet, à la banque, il était souriant et sûr de lui. Quand l'employé lui a demandé l'air de rien s'il avait un achat important à effectuer, il a répondu tranquillement qu'il ne pensait pas avoir à répondre à ce type de question et l'autre a piqué un fard. Les neuf cents euros, ça restait un prêt, mais à 0 %. Je le rembourserais petit à petit, quand je travaillerais pendant les vacances ou même plus tard. C'était pas pressé. Sinon, il n'y avait pas d'exigences. Pas de morale. Il insistait pas pour que j'arrête le trafic ou que je change de fréquentations. Il répétait qu'il était ni mon grand frère, ni un autre membre de ma famille. Il me tirait d'un mauvais pas parce qu'il le pouvait et parce que, si Yasmine hésitait entre nous deux, c'était probablement parce que nous avions plus de points communs que nous ne le pensions. J'avais jamais envisagé la question sous cet angle-là. J'étais plutôt sur un ring avec un adversaire à abattre. Je me suis rendu compte cette semaine-là qu'il y avait toujours différentes perspectives pour aborder un problème. Je l'ai pas oublié.

Le pire, c'est qu'il avait raison sur toute la ligne. Finalement, Yasmine a refusé de trancher et quelques semaines plus tard, elle a déménagé pour rejoindre sa sœur à Lyon. Elle a disparu des radars et j'en aurais tiré l'impression d'un immense gâchis s'il n'y avait pas eu la silhouette de Fabrice, que je croisais régulièrement. On se saluait. On se souriait. Un jour, il m'a vu avec un ballon de basket dans les mains. Je lui ai proposé de se joindre à moi – après tout, on avait fait partie de la même équipe, quelques années plus tôt.

J'allais m'entraîner aux tirs sur le terrain à côté du lycée. On est restés presque deux heures dans le soir qui tombait. Au début, on a parlé de rien. Puis, petit à petit, je lui ai donné des conseils pour les lancers francs, qui étaient restés son point faible. La conversation a dévié sur les souvenirs de collège, sur nos quartiers respectifs, sur ce que nous envisagions pour la suite. On a découvert qu'on se dirigeait tous les deux vers les mêmes études courtes, lui en comptabilité, moi en marketing. On ne savait pas trop pourquoi, ni l'un ni l'autre, et cela nous a fait rire. J'ai voulu aborder la dette mais il a secoué la tête et a ajouté « quand le moment viendra et s'il vient ». Depuis lors, on ne s'est jamais réellement perdus de vue. On a gardé un œil l'un sur l'autre.

Cet été-là, celui qui a suivi le bac, j'ai trouvé un boulot assommant mais assez bien payé. Je préparais les courses que les clients de l'hypermarché avaient choisies sur Internet, je les posais sur des palettes, et j'allais jusqu'à les mettre dans leur coffre. J'ai rencontré des gens différents. J'ai appris comment effectuer les démarches pour trouver un studio pas trop cher et bénéficier d'aides sociales. Mes parents avaient pas rempli les dossiers. Mes parents étaient constamment persuadés que, de toute façon, ils avaient droit à rien. J'ai remboursé la moitié de la somme que je devais à Fabrice et il en a prélevé une petite partie pour m'offrir un repas à la pizzeria. Je lui ai pas dit que c'était la première fois que je m'attablais dans un vrai restaurant. J'ai eu l'impression que l'existence m'ouvrait des portes insoupçonnées.

C'est ensuite que je ne comprends pas très bien ce qui nous est arrivé – séparément. On a fini nos diplômes respectifs, enchaîné des contrats à durée déterminée qui ne se transformaient jamais en rien. On a même accepté des stages. On a poireauté des heures à attendre notre tour à Pôle emploi. On a *activement recherché*, comme le réclamaient les agents harassés en face de nous, qui ne croyaient pas plus que nous à notre futur succès. J'ai abandonné avant lui. J'avais besoin de sortir de chez mes parents, du quartier qui m'avait vu grandir. J'ai accepté des boulots qui te coupent de toute vie sociale, videur de boîte de nuit, gardien de parking souterrain, et quand je me suis vu offrir une place comme garçon de café, j'ai sauté dessus, même si tout le monde savait que le patron était une ordure qui cherchait toujours à rogner sur ta paie et passait son temps à observer tes faits et gestes pour accumuler les reproches et te les hurler dessus à la fin du service. Aucune importance. C'était pas trop mal payé, pour une fois. Je pouvais garder le deux-pièces que je m'étais dégoté au centre-ville, et dont le loyer était plus que raisonnable parce que personne ne voulait dormir dans un appartement qui donnait sur les rues piétonnes. Dès qu'il commençait à faire chaud, les fenêtres ouvertes, avec toutes les terrasses des bars et des restaurants, c'était l'enfer. Impossible de dormir avant quatre ou cinq heures du matin, et là, c'étaient les éboueurs qui déboulaient. Je suis pas resté longtemps. J'ai rencontré Tiphaine. C'était pas difficile. Elle bossait dans le magasin de fringues qui se trouvait un peu plus haut – une grande enseigne internationale qui attirait la foule au moment des soldes. Elle avait vite pris du galon. Elle gérait maintenant la boutique. On se retrouvait tous les matins au Potron-Minet, un café à l'écart de l'agitation. On avait la même manie – prendre un petit déjeuner en lisant la presse locale et régionale. Un truc de vieux. On s'échangeait les journaux avec un sourire. Un jour, je lui ai demandé son signe astrologique. Je lui ai lu son horoscope. Il y était question d'un homme qu'elle allait rencontrer et dont il fallait qu'elle se tienne à distance, car il allait sans doute lui gâcher la vie comme il lui gâchait déjà ses rares moments de détente matinaux. Pendant quelques secondes, elle y a cru et a ouvert de grands yeux en s'exclamant : « C'est vrai ? » J'ai tout de suite su que nous allions nous accompagner un moment.

Deux ans.

C'est long et c'est court, deux ans. Le temps de te créer des habitudes. De connaître les plis et les replis de la peau de l'autre. Son odeur. Ses manies. Sa façon de rester en tee-shirt XXL, les jours de congé, de s'installer sur un tabouret et de regarder les passants par la fenêtre en buvant des litres de café. Elle habitait un magnifique appartement avec vue sur la place de la cathédrale. J'y ai emménagé au bout de six mois. J'avais pas beaucoup d'amis, elle si. Je me suis coulé dans son univers. C'était le plus confortable dans lequel j'aie vécu. Je regrettais seulement que Tiphaine ne rêve que de vacances en Grèce ou à Ibiza. La fête. La fournaise. La foule. Moi, j'aurais rêvé de parcourir les étendues désertiques et de rencontrer du monde en Écosse, dans les Andes ou au cœur de l'Asie. Elle s'est moquée de moi la première fois que nous sommes partis ensemble parce que c'était mon baptême de l'air. Elle ne pouvait pas croire qu'on puisse ne jamais avoir pris l'avion. Quand je lui parlais de ma famille, j'inventais. La honte, évidemment. Je racontais que j'avais grandi du bon côté de la rocade. Parmi les pavillons. Près de chez Fabrice. Elle avait envie de rencontrer mes parents – mais ils habitaient loin. Ils étaient retournés au Portugal, dont ils étaient originaires.

Ils possédaient une maison blanche en Algarve. Elle voulait s'y rendre. Je haussais les épaules. Plus tard.

Je me suis emberlificoté dans mes mensonges. Je me persuadais que j'attendais le moment propice pour lui révéler la vérité, mais j'étais lucide, au fond – j'étais qu'une putain d'autruche. J'attendais la catastrophe. Elle est arrivée sous les traits de ma mère, croisée dans une de ces zones commerciales où elle ne se rendait normalement sous aucun prétexte. Elle a toisé Tiphaine et m'a demandé de but en blanc quand j'avais l'intention de leur rendre visite, depuis le temps. Tandis qu'elle palabrait, je me répétais que c'était rien, je pourrais la transformer en tante un peu désagréable que je voulais pas fréquenter. Puis elle a lancé : « C'est bientôt l'anniversaire de ton père. J'espère que tu seras là, cette fois. » Elle s'est éloignée, dans sa robe aux gros motifs floraux bleus et roses et ses chaussures fatiguées. Sa silhouette me réveille encore la nuit. Je revois ce no man's land consumériste, magasin sur magasin, soldes sur soldes, pare-chocs contre pare-chocs, les clients, partout, affamés de bonnes affaires, courant d'une promotion à l'autre. La nausée que j'ai ressentie, tout à coup. Mon silence quand, après quelques pas, Tiphaine s'est arrêtée et m'a demandé si j'allais lui expliquer. Je savais pas par où commencer. J'avais qu'une envie : marcher tout droit, quitter cette enfilade de boutiques, traverser la nationale, continuer à travers champs et disparaître.

Il y a eu une mise au point, bien sûr, mais le point était final – et je pouvais pas en vouloir à Tiphaine.

Je comprenais tous ses arguments, comment me faire confiance désormais, alors que j'avais dissimulé mes origines, qu'est-ce que je croyais, qu'elle ne pouvait pas tomber amoureuse d'un gamin des cités, est-ce que j'avais une si mauvaise opinion d'elle, oui, d'ailleurs, au fond, comment est-ce que je la percevais ? Comme une petite bourgeoise prétentieuse qui se pince le nez quand elle croise des gens d'origine étrangère ?

J'ai failli rire. À cause de l'expression « d'origine étrangère ». Tous ceux avec lesquels j'avais grandi étaient nés ici. Leurs parents aussi. Il n'y avait plus d'origine. On les menaçait parfois de retourner au bled, mais tout le monde savait que c'étaient des mots en l'air. Même les vacances au bercail familial se faisaient rares. À part pour les Kosovars ou les Croates, arrivés plus récemment. L'origine, c'était le quartier dans lequel tu avais grandi.

Elle attendait une réponse. J'en avais pas. La télévision était allumée sur BFM. Les présentateurs avaient la mine sombre, comme d'hab. Ce nouveau virus issu d'un animal chinois dont personne avait entendu parler et échappé d'un marché de Wuhan condamnait des régions entières à se calfeutrer. Les Italiens étaient touchés. Le président et le Premier ministre à la barbe poivre et sel allaient s'exprimer officiellement. Le mot « confinement » était sur toutes les lèvres. C'était qu'une question de jours. Tiphaine a jeté un coup d'œil aux infos en soupirant. Elle a ajouté qu'elle était désolée mais qu'elle serait incapable de rester enfermée avec quelqu'un qui l'avait à ce point déçue et trompée. Je n'avais qu'à retourner chez mes parents. Ils étaient impatients de m'accueillir, apparemment.

Quelques semaines auparavant, j'avais reçu le message de Fabrice. Il cherchait quelqu'un pour le seconder – je me souviens avoir souri, parce que personne d'autre que lui n'utilise des verbes comme « seconder ». Il s'était porté acquéreur d'un bar – si jamais j'étais intéressé. Je l'avais rappelé immédiatement. J'en pouvais plus, de l'ordure pour laquelle je travaillais. Nous avons visité les lieux ensemble. Le café était propre mais un peu défraîchi. Il appartenait à une vieille qui avait pris Fabrice sous son aile, apparemment. Elle cherchait un successeur en qui elle aurait confiance. Il y avait pas de loup. Fabrice et moi, on a envisagé les changements à effectuer pour que le bar nous ressemble. On a dressé des plans. J'ai démissionné. On était en décembre 2019. On s'est dit qu'on allait reprendre l'affaire sans rien toucher pour l'instant, et qu'on effectuerait les travaux pendant les vacances d'été. On connaissait tous les deux des artisans qui pourraient nous donner un coup de main pour des sommes défiant toute concurrence. En trois mois, ma vie sentimentale était partie en sucette, et je me retrouvais à la rue. On annonçait la fermeture de tous les commerces non essentiels, avec des mesures d'aide de l'État pour maintenir l'emploi. Je me sentais comme un animal en cage. Et là, le flegme de Fabrice qui me propose de passer le confinement avec lui – l'appartement était bien assez grand pour deux.

– T'es qui exactement dans ma vie, toi ? Mon ange gardien ?

Voilà ce que j'ai répondu. Il a souri. Il a haussé les épaules. Il a continué comme si de rien n'était.

On s'est retrouvés tous les deux sur son canapé quelques jours plus tard, à mater jusqu'au milieu de la nuit des séries télévisées dont on mélangeait les intrigues. Fabrice se levait tôt pour aller courir dans le parc en face et j'ai fini par l'imiter. Un beau petit couple. C'est ce que devaient penser les caissières, à l'hypermarché, quand on faisait nos emplettes ensemble. Au début, j'avais envie de préciser à tout le monde qu'on n'était pas en couple, mais au bout d'un moment j'ai laissé tomber. Tout le monde s'en moquait, et puis ça ne me dérangeait pas, qu'on pense que je partageais sa vie – puisque c'était vrai.

Comme le bar était fermé, on a décidé de commencer les travaux. On a décapé, repeint, refait les sols. On a changé les tabourets. La seule chose qu'on n'a pas pu modifier, ce sont les banquettes en skaï noir. On n'avait plus ni l'argent ni l'énergie. Elles sont encore propres mais fatiguées et on voit qu'elles ont vécu. On s'est convaincus qu'elles faisaient vintage. Plus je les regarde et plus je me dis qu'on a eu tort.

Quand on a rouvert, l'été dernier, avec les QR codes pour les commandes et les masques à l'intérieur, on a craint que les clients ne reviennent pas. Certains, effectivement, ont préféré changer de crémerie, mais d'autres les ont remplacés. Une clientèle plus jeune, plus bruyante aussi – les voisins ont appelé la police une paire de fois et on a été obligés de mettre les points sur les « i » pour calmer les ardeurs de quelques-uns, notamment les copains de ce gars qui est venu tout à l'heure accompagné de sa mère et qui l'a laissée en plan, avec son thé et son caprice à propos de la théière. L'essentiel, c'est qu'on ait tenu. Ensuite, tout s'est emballé de nouveau. L'automne était même pas terminé quand le couvre-feu a été déclaré. C'est là que le découragement a pointé. J'habitais toujours avec Fabrice, mais l'ambiance était devenue plus pesante – on revenait le soir dans son appartement chargés de la nervosité de la journée. J'ai profité du déménagement d'un copain pour reprendre son bail et retrouver mon indépendance. Quand j'ai annoncé la nouvelle à Fabrice, il m'a reproché de pas l'avoir prévenu. J'ai rétorqué que j'évoquais mon départ depuis plusieurs semaines, mais qu'il ne semblait pas avoir écouté. J'ai cru que la discussion allait s'envenimer, mais on s'est regardés tous les deux, et on a enterré la hache de guerre. On savait que la situation n'était que temporaire, et puis ce n'est pas comme si on ne se voyait pas de la journée. À un moment donné, Fabrice a posé sa main sur mon épaule et a lancé qu'il avait passé un très bon confinement en ma compagnie. J'ai répondu qu'il était temps qu'il trouve quelqu'un d'autre. Qu'il se remette sur le marché. Trentenaire. Propriétaire de resto. Grand appart. Ça allait se bousculer au portillon.

Ça n'a pas vraiment été le cas. C'est tout le drame de ceux qui travaillent dans la restauration – ils voient un monde fou, mais ce monde les considère à peine, et puis les horaires empêchent les rencontres amoureuses. Quand tu sors du boulot à trois heures du matin, les oreilles saturées d'éclats de voix et de musique, t'as qu'une envie, c'est dormir. Et surtout pas parler. C'est pour ça que je veux quitter ce métier, moi aussi. Comme tant d'autres, après ces drôles de périodes que nous venons de traverser. Pas seulement le travail, d'ailleurs. Tout le reste aussi. La ville. Le pays. Le continent. Les années se sont écoulées sans que je m'en rende compte et j'ai jamais quitté la région, à part pour une semaine ou deux sur les plages bondées de la Méditerranée. C'est fini, maintenant. Grâce à ma colocation avec Fabrice, j'ai économisé assez pour partir deux ou trois mois – et puis serveur, français, capable de cuisiner, je sais que je pourrai être employé n'importe où. Quand j'étais petit, j'avais affiché au-dessus de mon bureau une carte du monde, et souvent je répétais les noms des endroits où j'irais, plus tard. Dundee, Loja, Copenhague, Le Cap, Osaka, La Paz. Il est temps que j'accomplisse mon rêve. Ce que j'attends ? Sérieusement ? D'abord que tout ce bordel de coronavirus soit terminé et qu'on puisse se déplacer à sa guise sans craindre un nouvel enfermement de dernière minute. Ensuite, que la relève soit assurée. Que le Tom's tienne debout. Que Fabrice ne souffre pas de ma désertion. Que Fabrice ne souffre pas, point.

C'est pour ça que je me méfie de la pseudo-artiste, là. Avec son air de sainte-nitouche et son retour inexpliqué du Grand Nord. J'ai pas confiance. On retrouve enfin un peu de liberté et elle part s'enfermer au fond d'un café. Honnêtement, c'est quoi son problème ?

Ah, tiens, l'écrivain local – je le supporte pas non plus celui-là, y a qu'à voir comment il se fait mousser dans le journal, c'est insupportable –, il voudrait un autre café. Un double. Celui qui l'accompagne secoue la tête, me sourit, non, lui ne prendra rien. Un verre d'eau, peut-être. Si ça ne me dérange pas. Je reste un moment accroché à son regard – c'est un océan de douceur et de tristesse.

Pierre Villiers, 57 ans – table n° 2

(première rangée à droite, donnant sur la baie vitrée)

Je souris. Je n'arrête pas de sourire. Je me demande si demain matin j'aurai mal à la mâchoire. Je souris parce que je suis content de le voir. Je souris aussi parce qu'il est parti dans un monologue qui m'exclut totalement. Il débite des phrases comme des petites bûches. C'est impressionnant. Je ne suis pas sûr qu'il se rende compte qu'il est le seul à faire du bruit dans ce bar étrangement calme, et qu'il dérange sans doute. La jeune femme au fond qui dessine. Les deux serveurs, ou le serveur et le patron, impossible d'affirmer avec certitude qui dirige qui. La dame de l'autre côté de l'allée, celle qui a congédié son fils brutalement tout à l'heure. J'ai tout entendu, tandis que Thibault continuait sa litanie. Je l'ai admirée. Je l'admire encore. Elle se tient là, seule, avec son thé et la grande théière qu'elle a réclamée d'une voix douce mais ferme. Je crois que j'aurais aimé avoir une mère comme elle.

Je souris, mais je ne suis même pas certain qu'il le remarque. Il est parti sur les différentes adaptations de ses œuvres et sur les enchères qui ont eu lieu entre plusieurs maisons pour son dernier roman. Je l'ai lu, comme tous les autres depuis que j'ai appris par le journal local qu'il était devenu ce qu'il avait rêvé d'être – écrivain. C'est toujours difficile de donner un avis sur l'œuvre de quelqu'un quand on le connaît. Tout est biaisé. On se cherche dans les personnages. On émet des suppositions. On se demande si tel nom de famille n'en cache pas un autre. On finit par se perdre et oublier l'intrigue. Souvent, quand je me lance dans un de ses livres, je suis obligé de m'arrêter vers la cinquantième page et de tout recommencer depuis le début, parce que j'ai perdu le fil. N'empêche. J'ai trouvé le dernier poussif. C'est l'adjectif qui m'est tout de suite venu à l'esprit. L'intrigue tient en deux phrases et il en pond plus de trois cents pages. Bien sûr, je ne suis pas spécialiste et sans doute que c'est le style qui porte l'ensemble, mais, je ne sais pas, c'est la première fois que j'ai été un peu déçu. Je comprends mieux maintenant, tandis que le flot de paroles ne se tarit pas. Il est devenu verbeux. Peut-être l'a-t-il toujours été, au fond.

Je me souviens du jour où j'ai vu son portrait s'étaler à la une du quotidien régional, il y a cinq ou six ans. Il était là, avec ce demi-sourire ironique. Il s'étalait aussi page 2 et page 3, dans un entretien-fleuve.

Le fils prodigue qui revenait au bercail. Dans son « territoire », comme on le dit aujourd'hui. Avant, on appelait ça la province. Voire les culs-terreux. Mais les « territoires », c'est tellement mieux. C'est comme les anciens DOM-TOM, mais en métropole. On vient ici faire des *city trips* d'un week-end et on admire les maisons à colombages, les sept églises et les rues piétonnes si croquignolettes. On est néanmoins contents de repartir le dimanche après-midi, parce que quand même, vivre dans ce type de gros bourg, c'est se priver de très nombreux plaisirs – même avec le wifi partout.

J'ai lu l'article. Deux, trois, quatre fois. Les phrases creusaient des tranchées dans mon cerveau. Les larmes me sont montées aux yeux et j'ai quitté précipitamment mon bureau pour me réfugier aux toilettes. J'ai longtemps fixé mon reflet dans le miroir au-dessus du lavabo. Je n'arrivais pas à mettre de l'ordre dans la tornade d'émotions qui me secouaient. Il y avait là-dedans un tel mélange.

De la jalousie, bien sûr – parce qu'une partie de nous rêve des feux de la rampe. J'imaginais que je n'étais pas le seul. Tous ceux qui avaient croisé le chemin de Thibault devaient baver d'envie. De l'admiration aussi, pour ce courage que je n'avais pas eu, de quitter tout pour une nouvelle existence. De la nostalgie, évidemment, pour ces années où j'étais un soleil autour duquel tournaient des planètes. J'allais au lycée pour rayonner. Je baignais dans l'admiration des autres. Grand, élancé, brun aux yeux très noirs, la boucle d'oreille qui va bien – et aussi, nerveux, enthousiaste, rieur. Irrésistible. J'aimais le regard que mes camarades portaient sur moi. Celui de Thibault surtout. Cette adoration qui me bousculait et m'excitait tout à la fois. Jusqu'à me faire douter de mes préférences. Je tentais de jouer avec le feu. Je n'y parvenais pas toujours. Je suis lucide. Je sais à quel point j'ai pu me montrer brutal. Le pire, c'est que j'étais conscient de la souffrance que je lui causais.

J'ai gambergé toute la journée après la lecture de l'article, et puis je me suis jeté dans le piège. Une phalène qui s'agite autour de l'ampoule allumée. J'ai souhaité sa compagnie. Par le biais des réseaux sociaux, je lui ai envoyé des dizaines de messages. C'était pitoyable. Je me haïssais de réagir de la sorte, mais je n'arrivais pas à changer d'attitude. Il a mis du temps à répondre à ma demande d'amitié Facebook et une fois qu'il l'a acceptée – probablement avec un soupir de découragement – il s'est contenté de me lancer des miettes d'attention. Quelques onomatopées. Une phrase. Plus tard, l'habitude aidant, j'ai même obtenu quelques rendez-vous. Très rapides, toujours. Un café vite fait. Une bière dans l'arrière-salle entre dix-huit et dix-neuf heures. Il jouait avec ma veulerie. Il avait raison. C'était une éclatante revanche. C'est ma femme qui m'a remis les idées en place. Un soir, elle m'a demandé ce que j'espérais, exactement. J'ai haussé les épaules. Je n'en savais rien, finalement.

Ce n'est pas grave. C'est loin tout ça. Je ne sais pas s'il s'est rendu compte à quel point j'ai pris de la distance. J'ai bien compris le message qu'il m'adressait : tu n'es rien dans ma vie, tu es insignifiant. Je lui en sais gré, au fond. J'ai beaucoup réfléchi depuis. Surtout ces deux dernières années. J'en ai eu le temps, toutes ces nuits où je ne dormais pas à cause des corticoïdes. Ces journées où j'anticipais la chute, et la fin.

J'ai longtemps hésité avant de poster cette photographie de nous deux, avant-hier soir. Je savais qu'il la verrait – il fréquente les réseaux sociaux beaucoup plus qu'il ne le prétend dans les interviews. Je me figurais son agacement, de l'autre côté de l'écran. Et puis je me suis dit que je n'avais aucune raison de me censurer. Après tout, cette période-là avait existé, que ça lui plaise ou non. D'ailleurs, ce n'était pas tellement à lui que je songeais en nous affichant, insolents et soudés, dans l'éclat de notre jeunesse. Je pensais à Sophie. Celle qui avait pris la photo. Je me rappelle que c'était quelques jours avant la fête qu'elle avait organisée chez elle. Elle m'avait offert le cliché alors que Thibault était déjà parti à Paris et qu'il ne donnait aucune nouvelle. Nous avions parlé de lui. De son attirance. De mon attitude. Elle avait été très franche. Elle m'avait forcé à voir ce que je n'avais pas envie de regarder. Mon ambiguïté. Mes vacillements. Ma malveillance aussi. J'avais aimé cette confrontation. Nous avions ensuite formé un couple quelques mois, mais elle était trop lucide et trop honnête. J'avais besoin de briller dans les yeux de ma partenaire à l'époque, et là, l'éclat était trop terne. Nous nous sommes séparés en bons termes. Elle m'a invité à son mariage, quelques années plus tard. J'étais très étonné. Nous avions à peine 25 ans. Personne ne se mariait, autour de nous. J'ai décliné. Je n'aurais pas dû, mais il y a tellement de choses que nous ne devrions pas faire. J'ai essayé de retrouver sa trace au moment où Thibault est réapparu dans mon décor. J'avais besoin de l'acuité de son regard. Je ne l'ai pas retrouvée. C'est étrange comme les gens peuvent encore facilement disparaître alors que nous laissons des traces virtuelles un peu partout. Je ne me souvenais plus de son nom d'épouse. J'ai abandonné temporairement, me promettant de revenir à la charge – ensuite, la vie m'a débordé. La mort, surtout.

J'ai dû faire une drôle de tête, parce qu'il s'arrête brusquement de soliloquer.

– Tu vas bien ?

– Oui, pardon, j'ai décroché. Je...

– Fatigué ?

– C'est ça. Mauvaise nuit.

– Pareil.

Je souris. À m'en décrocher la mâchoire. Pas vraiment pareil, non, Thibault. Pendant quelques secondes, on n'entend que le bruit du percolateur et, en sourdine, la radio qui diffuse un titre que je retrouve instantanément. The Verve. « Bitter Sweet Symphony ». Une symphonie douce-amère. Entre nous, il y a davantage d'amertume que de douceur, mais cela n'a plus aucune importance. Je ne suis pas ton adversaire, Thibault. Je crois que tu ne le comprends toujours pas. Je ne suis pas ton vassal non plus. Je suis en face de toi. Tes yeux sont mobiles et ne s'arrêtent pas sur mon visage. Regarde-moi. Fixe-moi, longtemps. Tu verras. Tu ne le regretteras pas.

C'est probablement la dernière fois que nous nous retrouvons, Thibault, mais évidemment, tu ne le devines pas. Nous devrions nous rapprocher, balayer les règles de distanciation sociale qui nous ont empoisonnés depuis des mois. Je poserais ma tête sur ton épaule et je contemplerais la rue. Dans le bar, il y aurait quelques sourcils levés, mais personne ne s'offusquerait réellement. C'est fini tout ça.

C'est fini. Je le sais. J'ai soutenu le regard de Laurent, mon hématologue, tandis qu'il me parlait et il a bafouillé tout à coup. C'est là que j'ai compris. Peut-être même avant encore. Parce que ça recommençait. Tu te souviens de Laurent ? Il était dans notre classe, au lycée. Nous nous moquions de lui parce qu'il passait son temps à bûcher ses maths et sa physique au lieu de profiter des beaux jours. En dehors de ma femme et de mes filles, c'est sans doute l'être humain dont je suis le plus proche maintenant.

Je contracte brièvement les mâchoires, mais tu ne le remarques pas. C'est qu'à la mention de mes enfants, les larmes montent vite. Mais j'ai appris à maîtriser et à continuer de sourire – même si parfois le rictus n'est pas loin. Elles ne sont pas encore au courant. Anna ne veut rien dévoiler. Elle retarde l'échéance, mais elle ne tiendra pas très longtemps.

Louise, notre aînée, est en dernière année de médecine. Quand elle vient, elle pose des questions très précises et elle m'ausculte, sous couvert de câlins. Elle n'est pas revenue depuis mars mais elle a prévu de passer la semaine prochaine. Je ne ferai pas illusion très longtemps, aux yeux d'une professionnelle. Les seuls que je peux encore tromper, ce sont ceux qui ne me regardent pas vraiment – les passants dans la rue, les serveurs dans les cafés, les caissières au supermarché, le guichetier à la banque – et toi, Thibault.

Je ne suis resté en rémission que quelques mois. La rechute est fréquente, dans les cancers hémato. Laurent m'a assuré que les traitements de deuxième ligne marcheraient sans doute, mais je n'y crois plus. La première fois, j'étais entré dans les soins en conquérant, et même si j'avais déchanté par la suite, parce que, quoi que tu imagines, tu restes à la merci des effets secondaires de la chimio, j'ai traversé l'épreuve droit. J'avais cet adjectif dans mon esprit. *Droit*. Avec cette idée que la maladie ne me plierait pas. C'est plutôt ridicule, pas vrai ? Très présomptueux, en tout cas.

Cette fois-ci, quand j'anticipe les soins et tous ces moments qu'il va encore falloir passer seul dans la chambre d'hôpital, toutes ces nuits à se demander pourquoi moi, pourquoi maintenant, pourquoi si jeune, je suis juste fatigué. Mes filles sont grandes, elles sont en couple avec des jeunes hommes compréhensifs et tendres, elles s'en sortiront. Ce sera un peu plus difficile pour Anna, bien sûr. Tout ce temps partagé qui se réduit tout à coup aux photos que nous avons prises en voyage et à des mélodies que nous écoutions ensemble – elle a toujours eu un faible pour Delpech et pour les Stone Roses. J'espère qu'elle tiendra le coup. Que Laurent l'aidera à traverser l'épreuve. Laurent a souvent les mots adéquats pour consoler ou encourager. Lors de notre dernière rencontre, il était plus hésitant. Il ne terminait pas ses phrases. Inutile de faire un dessin. À partir de demain, je ne quitterai plus la maison que pour me rendre à l'hôpital. Tu es ma dernière sortie, Thibault.

Je profite de ce moment volé dont tu ignores la singularité. Tu continues à pérorer. Tu as toujours aimé ça. Tu m'as rêvé héros de ton adolescence, clochard céleste flamboyant et hâbleur, mais c'est toi-même que tu abusais. Je ne ressemblais pas au portrait que tu voulais dresser de moi, mais je l'acceptais bien sûr, parce qu'il me rendait meilleur à mes propres yeux. Je me baignais dans la lumière dont tu m'entourais. J'étais pourtant plus lucide que tu ne le croyais. Je devinais que les lauriers de mots que tu me tressais allaient vite faner, et que tu continuerais ton chemin, même s'il était semé d'embûches. Il te mènerait vers la clarté, mais pas nécessairement vers le sourire. Le sourire, il est mien. Autant je l'ai forcé en entrant dans le bar, autant il me semble avoir retrouvé son naturel désormais. Les rides au coin des lèvres parce que j'ai beaucoup aimé cette existence, malgré tout. Celles au bord des yeux parce que je me suis épuisé à contempler le monde du petit bout de ma lorgnette pendant que tu découvrais d'autres univers.

Tiens. C'est le sujet de ton discours maintenant. Tes voyages. La traduction de tes ouvrages, qui t'a permis d'être invité aux quatre coins de la planète. Tu postillonnes et je ne crains pas tes gouttelettes de salive. Plus rien ne peut m'atteindre. J'ai même tombé le masque. Je suis assis en face de toi et je t'écoute. Ce sera un beau souvenir, Thibault. Tu y repenseras souvent. Tu commenceras des phrases avec les mots : « J'ignorais que c'était la dernière fois que nous nous retrouvions. » Avec un peu de malchance, tu en écriras même tout un roman.

12h00

Jocelyne

Fabrice a voulu venir me saluer lorsque je suis entrée, mais je l'ai découragé d'un geste. Je ne souhaitais pas d'échange avant d'avoir pris mes marques. J'ai écrit mes coordonnées sur le registre, puis j'ai balayé le décor du regard. C'est joli, ces trois marches qui montent à la deuxième salle. Fabrice m'avait prévenue qu'ils avaient repensé tout l'agencement. Ce qui me servait d'entrepôt et de réserve a disparu. Les murs sont tombés. Une baie vitrée est venue inonder le café de lumière. C'est bien. Je ne suis pas étonnée, parce que j'ai vu les photos qu'il m'a envoyées pendant le confinement, mais c'est toujours mieux de se rendre compte par soi-même. Dommage qu'ils n'aient pas changé les banquettes en skaï. Cela dit, à part ce détail, il n'y a pas de faute de goût. Ils ont eu raison de remplacer les carreaux beiges par du parquet – des lattes qui donnent l'impression d'avoir toujours été là, et cette trappe qui mène à la cave, une idée de génie. Le client est persuadé d'être dans un bar à vin qui a pignon sur rue depuis des siècles alors que, lorsque j'étais jeune, ici, c'était une poissonnerie. On peut faire croire n'importe quoi à n'importe qui.

Je n'ai pas prévenu Fabrice de mon arrivée. Je voulais le surprendre dans son environnement – et observer ses réactions. Il y a encore peu de monde, mais on sent que la terrasse va se remplir pour le déjeuner, maintenant que l'orage est derrière nous. Ils vont tirer les chaises, les tables, s'apostropher, échanger sur leurs vacances passées et à venir. Ils auront 16, 32, 54 ou 73 ans, ils boiront de la bière rousse, du diabolo menthe, du Cola (et il y aura sans doute une fille qui prétendra qu'elle peut très bien faire la différence entre le Coca et le Pepsi, les yeux bandés s'il le faut). Il y aura des éclats de rire, quelques blagues osées, une ou deux remarques acerbes, puis des cris de joie en voyant un autre groupe s'approcher. La terrasse, c'est la vie.

C'est là qu'elle devrait être, cette jeune femme. Ah non, bien sûr, pas avec tout son attirail, son cahier, ses stylos, ses feutres. Ce qui est bien, à mon âge et dans ma situation, c'est que je n'ai plus à m'embarrasser de quelque convenance que ce soit – de toute façon, ça n'a jamais été mon genre.

– Je peux m'asseoir ?

Elle écarquille légèrement les yeux, mais elle acquiesce. Son visage est très enfantin quand il s'anime. Je me retourne vers Fabrice et José. Je commande un double café de ma voix d'ex-fumeuse.

– Vous dessinez ?

– Et vous, vous êtes perspicace.

Je mets deux secondes à saisir l'ironie de la réponse, adoucie par le sourire qui vient illuminer ses traits.

– Je gribouille, oui. J'aime bien venir ici, le matin. Et une partie de l'après-midi, parfois. L'ambiance me plaît.

– C'est trop calme. Il paraît que ça tourne bien en soirée.

– Je ne viens pas en soirée.

– Vous travaillez de nuit ?

Elle rit, cette fois. Elle rit sans mettre les mains devant sa bouche et j'apprécie cette franchise dans les réactions.

– Non, je n'ai pas de boulot pour l'instant. Je suis revenue ici au début de la pandémie et je suis restée terrée. J'ai été employée comme caissière l'été dernier, mais le contrat n'a pas été renouvelé. Je loge chez ma mère qui, elle, habite dans le Sud avec son... désolée, je ne sais pas pourquoi je vous raconte tout ça.

– Parce que je vous l'ai demandé ?

– Non. Vous vouliez juste savoir si je travaillais de nuit.

– Disons que la réponse est très développée.

Son sourire, à nouveau. Elle fait partie de ces gens dont le visage change radicalement dès qu'ils sourient, et dont le plaisir est contagieux. Il y a une pause dans cette conversation qui n'en est pas encore une, et ni elle ni moi n'en concevons aucune gêne.

C'est comme s'asseoir sur l'herbe, à l'ombre, après une longue randonnée sous le soleil. Je lui demande si je peux retirer mon masque, puisque je suis vacciné. Elle incline la tête. Je reprends le babillage. Rien de mieux qu'une confession pour susciter l'intérêt.

– J'étais la patronne de ce bar, avant.

Elle ne s'exclame pas. Elle intègre tranquillement l'information en clignant deux fois des yeux. Elle me demande si je suis nostalgique de cette période.

– Pas du tout. Du café que je tenais autrefois, l'Atlantic, peut-être oui. Mais ici, non. Je ne m'y suis jamais vraiment sentie chez moi. Et puis les clients savent se rendre insupportables. C'était très différent, vous savez. On ne proposait pas de restauration. On vendait la presse locale, en revanche. Le nouveau chef ne souhaitait pas s'embarrasser avec ça.

– Qui ? Fabrice ?

J'ai un imperceptible mouvement de recul, qui ne lui échappe pas. C'est indéniable, elle observe. Elle engrange des détails et les consigne peut-être dans un des calepins qu'elle trimballe. Je me demande à quoi peuvent ressembler ses dessins. Elle a promptement refermé son carnet de croquis quand je me suis imposée. Si ça se trouve, elle était en train d'esquisser mon portrait.

– Vous le connaissez ?

Elle secoue la tête. Elle répond qu'elle était dans la même classe que lui au collège, mais qu'il n'a apparemment aucun souvenir d'elle. Elle, si. Non pas parce qu'il était particulièrement beau ou intelligent, ni l'inverse, d'ailleurs. Simplement, il l'avait aidée à comprendre une notion de mathématiques sur laquelle elle séchait. Ça avait éclairé sa journée. C'est rare, non, les gens qui éclairent votre journée ? Je reste songeuse. Un ton plus bas, je glisse que Fabrice a aussi illuminé l'une des miennes, et même plusieurs de suite. Je raconte notre semaine sur le littoral. Il s'est mis entre parenthèses pendant ce temps-là. C'est encore plus rare, non, les gens qui savent se mettre entre parenthèses ?

Elle jette un coup d'œil en direction du comptoir. Fabrice est en train de préparer un plateau pour un groupe qui vient de s'installer en terrasse. José est passé en cuisine aider Ifemelu, la petite qui s'occupe du repas, le midi.

Lorsque la pandémie est arrivée, j'ai eu peur que Fabrice abandonne le projet. Quand il m'a dit que José avait emménagé avec lui et qu'ils allaient profiter de ce temps mort pour effectuer les travaux, j'ai su que c'était gagné. Il m'a souvent parlé de José – même si ce dernier l'ignore. Des frères. C'est à cela qu'ils ressemblent quand on les regarde travailler ensemble. Mais José ne pourrait pas illuminer mes journées, parce qu'il est incapable de se mettre entre parenthèses. Il est dans la projection. Dans l'avenir. Ailleurs. Je me demande combien de temps il va rester. On sent l'impatience dans ses jambes et dans ses mains. Il rêve d'évasion et le confinement n'a rien dû arranger.

Demi-pause. Quand j'étais petite, je rêvais de jouer du piano, mais mes parents n'avaient pas les moyens de me payer des cours. J'avais demandé à une camarade de classe de m'initier aux notes et je m'entraînais sur un clavier que j'avais découpé dans du carton. C'est elle qui m'a appris les temps de respiration. Pause. Demi-pause. Blanche. Soupir. Je m'aperçois que je viens d'entrer dans la ligne mélodique de la jeune femme en face de moi. Quand je reprends la parole, nous sommes sur la même portée. Elle n'esquivera plus les réponses.

– Vous êtes revenue d'où ?

– Pardon ?

– Vous avez dit tout à l'heure que vous étiez revenue au début de la pandémie. Vous n'étiez pas dans le Sud, avec votre mère. Alors, ouest, est ou nord ?

– Nord. Plein nord.

– Islande ?

– Plus à l'est.

Je fais défiler les cartes de géographie. Les pays scandinaves. Je mélangeais toujours la Suède et la Norvège. Elle ne me laisse pas le temps de proposer un nom. Elle s'affaisse un peu en expliquant qu'elle habitait en Finlande. Oui, le pays des rennes et du Père Noël. Celui aussi d'écrivains et de metteurs en scène déjantés, ajoute-t-elle. Je cherche la capitale. Je murmure : « Vous étiez à Helsinki ? », et je pose un point d'interrogation au bout de la phrase.

– Presque. Vantaa. Dans la banlieue.

– Et, pardon d'être indiscrète, mais qu'est-ce qui pousse une jeune fille vers les contrées nordiques ? L'amour ?

– Non, pas au début. Le travail. Et puis ce qui fait rester, ce sont les liens, bien sûr. Je pensais que je passerais ma vie là-bas. Déjà au lycée, tandis que les autres ne parlaient que de plage ou de bronzage, je m'imaginais dans des igloos ou marchant dans une grande forêt de sapins couverts de neige.

– Vous avez réalisé vos rêves ?

– L'igloo, non. La randonnée, oui.

– Vous faisiez quoi, là-bas ?

Elle prend une longue inspiration.

– Vous êtes sûre que vous voulez le savoir ? C'est une très longue histoire ! Et d'une platitude, vous ne pouvez pas imaginer.

– C'est une façon de me congédier ? Pas de chance, je crois que je vais prendre la carte et commander à déjeuner. J'ai faim, pas vous ?

Chloé

Je n'attendais que ça, au fond. Qu'on vienne me déranger. Me perturber. M'empêcher de continuer mes croquis. Interrompre le flux de mes pensées. Toujours cette tendance à se laisser porter par les événements. À ne rien décider. C'est pénible. Je sais que je dois changer. Je me le répète tous les jours depuis que je suis rentrée.

Je me rappelle cette heure de cours. La prof d'anglais, Mme Léautaud – pardon Mrs *Li-ou-toud*, comme elle souhaitait être appelée –, nous avait sommés de choisir une destination pour nos prochaines vacances, en imaginant que nous avions un budget infini, et de la justifier en deux ou trois cents mots. Mes camarades avaient opté pour le soleil et les parties de plage le long des rivages méditerranéens ou atlantiques. Les plus aventureux, ou les plus lèche-bottes, avaient disserté sur les États-Unis et leur envie terriblement originale de découvrir

New York, la statue de la Liberté et l'Empire State Building tout en allant assister à une comédie musicale à Broadway. Une dénommée Céline, avec un piercing dans le nez, avait snobé l'assemblée avec sa volonté de sauver le monde et de profiter du temps qui lui était offert pour aider les associations humanitaires en Inde. *And what about you, Chloé ? Where would you like to go* ?

Je n'avais préparé que quelques notes. Je n'avais pas été inspirée. J'avais parlé du Danemark et de la Suède, de ma crainte de la chaleur, des étés torrides et d'être obligée de me badigeonner de crème solaire ultra-protection spéciale peau de bébé pour ne pas revenir totalement écrevisse. Alors, brûler sur le sable, très peu pour moi. J'avais plutôt envie de monter vers le cercle polaire et de rencontrer les descendants de Vikings. J'avais vu un reportage sur Copenhague et on y apprenait que c'était la ville du monde où les gens étaient le plus heureux. C'est du moins ce qu'il ressortait des sondages, alors ça m'intriguait. J'avais bien envie de voir des gens heureux plutôt que des gens qui faisaient la tête et râlaient à tout bout de champ.

Mrs Li-ou-toud en était restée comme deux ronds de flan. C'était la première fois que je parlais en continu et elle s'apercevait que ce n'était pas si mal, au fond. Elle avait répété plusieurs fois « *interesting* » et avait même conclu par un « *fascinating* » avant de poser la même question à Souleymane, qui avait enchaîné sur l'exact contraire – son attachement à son pays d'origine et son envie de retrouver ses couleurs et surtout de se sentir moins exclu qu'ici, au milieu de tous ces visages pâles. Souleymane avait un vrai sens de l'humour et mon côté esquimau glacé ne faisait pas le poids, à côté. Personne ne m'a parlé de mon intervention à la fin du cours.

Par la suite, je n'y ai pas réfléchi sérieusement. Comme la plupart des élèves, je me suis laissé porter par le mouvement, mes résultats et les avis des enseignants. On me voyait comme une jeune fille discrète et sérieuse, peu attirée par les sciences, et d'un presque commun accord, on m'aurait orientée dans la comptabilité ou le droit, ces matières auxquelles les profs de l'enseignement général ne connaissent pas grand-chose. « Presque » seulement, parce qu'à un moment donné Mrs Li-ou-toud avait souligné que j'avais malgré tout un esprit original et pouvais faire preuve de grande pertinence. Bref, je serais un peu perchée mais pas foncièrement antipathique et je devrais sans doute trouver ma voie en dehors des sentiers battus – elle me verrait bien dans l'import-export avec les pays nordiques. Il y a eu quelques rires sous cape au conseil de classe, mais l'import-export est resté, de même que mes capacités graphiques, repérées dans plusieurs cours où je passais mon temps à noircir les feuilles de mes classeurs d'autre chose que de lignes d'écriture.

Après le bac, je me suis inscrite à Paris, dans une branche un peu fourre-tout où étaient dispensés des cours de maîtrise des nouveaux réseaux de communication, de graphisme, de mercatique et aussi tout un panel de langues étrangères – j'ai opté pour le suédois parce que, au cours des dernières années, j'en avais appris les bases sur Internet. Je connaissais certaines tournures, les temps les plus courants, les réponses courtes, les grandes règles de grammaire – le chargé de cours était très impressionné et il a dû en parler autour de lui. À la fin de la troisième année, on m'a proposé un stage pendant les vacances universitaires – à Malmö, à l'extrême sud de la Suède. Je toucherais peu d'argent mais je serais nourrie et logée, ce qui, dans les pays scandinaves, est un luxe. J'étais célibataire depuis presque six mois, j'avais gardé peu de contacts avec mes amis de lycée, et ceux que j'avais rencontrés à la fac étaient très excités à l'idée de venir me rendre visite. J'ai accepté bien sûr. Je ne suis jamais vraiment revenue. J'ai terminé mes études par correspondance. Entre-temps, je suis passée des start-up aux entreprises de plus grande envergure, d'assistante commerciale à spécialiste du marché français, à une époque où mes compatriotes commençaient à s'intéresser à la protection de l'environnement. J'ai surfé sur la vague du naturel et du bio. Et surtout j'ai rencontré Ari.

Ari n'était à Malmö que pour un contrat de six mois, détaché de sa firme mère qui se situait de l'autre côté de la frontière, en Finlande, dans ce pays un peu étrange où personne n'allait jamais et dont la langue ne ressemblait à aucune autre. Ari travaillait au développement d'applications visant à glaner toujours plus d'informations sur les consommateurs, leurs habitudes, leurs préférences. Il jouait magnifiquement des ballades traditionnelles et des standards anglo-saxons à la guitare sèche, le soir. Dans son salon trônaient quatre canapés disposés en carré sur lesquels nous pouvions lire, lui, moi – et tous ceux qui le souhaitaient. Ari était très sociable et avait beaucoup d'amis. Je me suis glissée dans son existence sans difficulté. J'ai changé de domicile et l'entreprise qui m'employait en Suède m'a déplacée dans sa filiale finlandaise. Des semaines. Des mois. Un an, puis deux. Le temps pouvait s'étirer à l'infini. J'avais trouvé ma place dans le monde. À part professionnellement – je n'avais pas vocation à travailler dans les open spaces ni dans aucun autre bureau. Nous avons réfléchi, Ari et moi. C'est lui qui a suggéré le salon de thé. Après tout, j'étais souvent aux fourneaux quand nous recevions, parce que les invités réclamaient des plats venus d'ailleurs. J'avais collectionné un tas de recettes avec lesquelles je jonglais. Je m'étais spécialisée dans les desserts.

J'ai haussé les épaules. J'ai dit que j'allais y réfléchir. La nuit, l'idée creusait des tunnels dans mes rêves. Un mois plus tard, j'ai indiqué à mon supérieur que j'allais changer de voie. Il m'a encouragée. En Finlande, on aime employer des travailleurs épanouis et il trouvait que depuis quelque temps, je paraissais frustrée. J'ai évoqué mon projet. Il a promis d'être l'un des premiers clients. Il a tenu parole. Il s'est déplacé jusqu'à Vantaa.

J'entends encore les sonorités. *Anteeksi, en puhu suomea. Puhutteko englantia* ? Cette langue qui reste obscure, même pour ses voisins nordiques. Cette langue contre laquelle je butais encore, des années après mon installation. Le suédois et surtout l'anglais, comme recours – tout le monde parle anglais en Finlande, et le suédois est la deuxième langue officielle. J'ai lu qu'un ancien ministre finlandais des Affaires étrangères souhaiterait que l'anglais devienne la troisième, afin d'attirer les investisseurs et les travailleurs étrangers. Le français, comme refuge, dans les rêves. Il y a sans doute des informations que je n'ai pas eues, des détails que j'ai manqués. Les habitants du pays ont tendance à revenir à leur idiome natal quand la situation devient complexe ou quand on entre dans l'intime. J'aurais peut-être compris ce qui se tramait. J'aurais pu anticiper davantage. Il ne sert à rien d'avoir des regrets. Je suis ici, maintenant, face à cette femme qui vient de me confier son prénom – Jocelyne, un de ces prénoms qui ont totalement disparu et qui évoquent immédiatement l'après-guerre et les années cinquante. Cette femme qui a tenu un café, comme moi.

J'avais un salon de thé à Vantaa, Finlande. Cela sonne comme le début d'un roman de Karen Blixen. Quand je murmure ces mots, tout me revient. Les détails les plus infimes, les entailles dans les tables de bois, le bruit du percolateur, la couleur du grand crème que Mme Kalmus aimait prendre en me racontant chaque fois son enfance en Estonie, près de Tartu, les lacs où ils allaient nager, ses frères et elle, il y a près d'un lac par famille, en Estonie, m'assurait-elle. Ilona, qui me donnait régulièrement un coup de main et que je dédommageais comme je pouvais. La famille Jassim, venue de Syrie, qui échangeait quelques mots avec moi tous les jours et blaguait parce qu'on était des déracinés, eux et moi. Sauf qu'ils avaient vraiment du mal avec le climat, eux. La plupart des Irakiens qui avaient émigré l'année précédente demandaient à revenir dans leur pays d'origine. Ils ne parvenaient pas à s'adapter. Mais les Syriens, non. Ils savaient qu'ils ne pouvaient pas faire machine arrière et qu'ils devaient s'habituer au froid et aux interminables nuits d'hiver, coûte que coûte.

Les échanges. C'est probablement ce qui me manque le plus. Toutes ces conversations ébauchées. Tous ces gens qui venaient déposer un peu de leur peine ou de leur joie et qui ne souhaitaient qu'être écoutés. Je remplissais ce rôle-là. C'est étrange aujourd'hui de se retrouver de l'autre côté du miroir. Dans la peau de la cliente asociale, qui squatte une table toute la journée. Il y en avait peu, des comme ça, dans mon salon de thé. Trop cher. Trop français. Trop classieux. Je crois que, contrairement à José, cela ne m'aurait pas dérangé.

Ce qui ne me manque pas, c'est la cuisine. Je n'en pouvais plus. J'étais sur le point d'embaucher Ilona pour qu'elle me seconde, voire qu'elle me remplace aux fourneaux, et qu'elle confectionne les cakes et les tartes en suivant mes recettes. Mais j'aimais ce lieu. Profondément. Même s'il était au rez-de-chaussée d'un immeuble de quatre étages sans charme, entouré d'autres immeubles de quatre étages sans charme, et qu'il donnait sur une place en béton agrémentée de quelques bacs et de deux ou trois bancs. Je me voyais bien vieillir là, aux côtés d'Ari. C'est lui qui s'était occupé du bail et des assurances. Je m'étais contentée d'apposer ma signature. Des enfants ? Nous hésitions à cause du dérèglement climatique et de ce monde qui partait en vrille. Les étés en Finlande étaient devenus chauds, et les gens regardaient le ciel comme s'il représentait une menace. Ils n'avaient jamais connu ça auparavant. Ari non plus n'était pas pressé. Ari souhaitait prolonger cet état de jeune homme qui lui convenait à merveille. Pas de cordes. Pas de port d'attache – alors qu'au fond, c'est lui qui était revenu s'amarrer à son ancre de départ.

Je crois que mon envie de maternité n'a pointé son nez que lorsque j'ai rencontré Annika. Elle venait s'occuper de la sœur d'Ari, Helena, qui était enceinte mais dont la grossesse ne se déroulait pas comme elle l'avait imaginée. Elle avait rêvé de trois trimestres d'épanouissement et de plénitude, or son corps se rebellait : elle se sentait constamment nauséeuse, avait du mal à marcher plus d'un quart d'heure et se plaignait souvent de maux de ventre alors que les examens médicaux n'avaient rien décelé d'anormal. Le stress sans doute. La peur de l'accouchement et de ses conséquences. Du changement de vie induit par l'arrivée d'un bébé. J'observais Helena et tout me confortait dans mon refus de la maternité. Et puis elle a décidé de contacter une doula, Annika.

J'étais présente quand elles se sont rencontrées pour la première fois. J'étais passée apporter une part de tarte aux pommes et un smoothie à Helena – l'appartement que son mari et elle occupaient n'était pas loin de mon salon de thé et j'avais l'intention de faire la paix avec Helena. Nos relations n'avaient pas toujours été faciles. Elle aimait mieux la fiancée précédente de son frère, qui était une de ses amies d'enfance, et elle m'avait accueillie assez fraîchement. Depuis qu'elle était enceinte, nos rapports s'étaient modifiés. Elle avait besoin de soutien. J'étais prête à l'aider, même si la doula saurait bien mieux que moi ce qu'il convenait de faire.

Doula. Personne ici ne sait ce que ce mot recouvre. C'est un concept né aux États-Unis. Il s'agit d'une personne qui accompagne, contre rémunération, les femmes enceintes ou les couples pendant la grossesse. La doula n'intervient pas dans le médical. Elle ne peut pas administrer de traitements ou rédiger d'ordonnances. Elle est là pour s'assurer que la grossesse se déroule de façon harmonieuse et veille au bien-être de la future mère en lui prodiguant des conseils et des massages, en prêtant une oreille attentive à tout ce qu'elle dit, en préparant des tisanes et des plats appropriés. J'étais curieuse de ce qu'elle recommanderait à Helena, diététiquement parlant. Je lui ai demandé si je pouvais rester, pour ce premier entretien, ou si elle préférait que je m'éclipse. Helena a hésité une demi-seconde avant d'accepter. Annika a tout de suite saisi sa réticence et elle m'a souri en répondant que nous serions plus à l'aise pour échanger dans le cadre de mon salon de thé. *Tu tiens bien un salon de thé, dans Simonkylä, n'est-ce pas ?*

Je me suis sentie rougir en acquiesçant. J'aurais tellement voulu être quelqu'un comme Annika. Chaleureuse, avenante et sûre d'elle. J'ai quitté l'appartement tandis qu'elles commençaient à parler du futur bébé, de ce qu'il ressentait, du plaisir qu'il pouvait éprouver lorsque la mère était détendue et heureuse. Annika avait eu assez tôt deux enfants avec son compagnon. Ils s'étaient séparés trois ans auparavant, dans la plus grande douceur. Personne n'avait souffert. De toute façon, nous ne sommes pas sur terre pour souffrir. C'est la dernière phrase que j'ai entendue. Elle m'a poursuivie dans l'escalier. Dehors, la nuit tombait déjà.

Jocelyne

– Je peux vous débarrasser ?

J'étais tellement immergée dans le récit de cette jeune femme que l'irruption de José me fait sursauter. Il n'attend pas notre réponse et s'impose, empilant sur son plateau les assiettes vides. Je m'aperçois que je n'ai qu'un vague souvenir du déjeuner – j'ai avalé le croque-madame sans m'en rendre compte, absorbée comme je l'étais par l'histoire de Chloé.

– Vous prendrez des cafés ?

Chloé s'est refermée comme une huître et fixe la fontaine sur la place. Elle est inatteignable désormais.

– Oui. Deux. Et l'addition en sus, s'il vous plaît. Comme ça inutile de nous déranger deux fois. Surtout quand on n'a rien demandé.

José prend la mouche et repart derrière le bar, furibond. Il entrechoque des verres et des assiettes pour bien nous signifier sa contrariété. Chloé ne réagit toujours pas. Je la prie de m'excuser quelques minutes – je reviens tout de suite. J'enfile mon masque et je me dirige vers le comptoir de ma démarche la plus assurée, et je m'assieds sur l'un des tabourets. José est tellement surpris qu'il perd pied un instant. Il n'a pas l'habitude qu'on lui résiste.

– Vous savez qui je suis, José ?

– Absolument pas.

– Fabrice ne vous a jamais parlé de moi ?

Il s'arrête net et fronce les sourcils.

– Vous n'êtes pas sa mère. Je l'ai déjà rencontrée. Comme presque toute sa famille.

– Je sais. Vous êtes partenaires depuis l'enfance.

– *Partenaires* ?

– Ce serait le terme exact, non ? Le mot « ami » vous mettrait mal à l'aise tous les deux. Pourtant, chacun est peut-être la personne qui connaît le mieux l'autre. Vous avez habité ensemble pendant le confinement, non ?

– Mais comment est-ce que... ?

– Cessez de bougonner et écoutez-moi. Je sais que vous veillez sur lui et c'est tout à votre honneur. Moi aussi, d'une certaine façon. Je suis l'ancienne propriétaire de cet établissement. Je l'ai tenu pendant plus d'une dizaine d'années. Et avant, j'en gérais un autre, boulevard du 14-Juillet. L'Atlantic. Toute une aventure.

Je vois les yeux de José se plisser derrière le masque.

– Je vois bien. Je n'étais pas client. J'allais de l'autre côté de la ville. Près du lycée professionnel.

– Chez Mous' ?

D'un seul coup, son visage s'éclaire. Il a 15 ans. Il descend des bières avec ses copains. Il se moque de ses profs. Il espère vite trouver du boulot, parce qu'il veut son indépendance financière, pour échapper à la vie étriquée de ses parents. Serveur. Chez Mous'. Ce serait l'idéal, dans un premier temps. Mais Mous' n'a besoin de personne. Mous' ne délègue rien.

– J'adorais ce bar.

– J'imagine. Le patron, en revanche, était un sale con.

Il éclate de rire et secoue la tête.

– Vous n'avez pas votre langue dans votre poche !

– Ce n'est pas sa place. Et puis l'avantage de la vieillerie, c'est de pouvoir s'exprimer à sa guise. En tout cas, José, honnêtement, ne vous énervez ni après moi ni après cette fille. Nous ne sommes pas des ennemies. Ni des parasites.

Il prend une pile de tasses propres pour les laver de nouveau. Nous laissons passer quelques secondes. Les mots que je viens de prononcer se mêlent aux effluves de savon liquide.

– D'accord. Vous veillerez sur lui, alors ?

– Pardon ?

– Je vais bientôt le... enfin je vais bientôt partir.

D'un seul coup, nous sommes dans une bulle, tous les deux. Le décor s'estompe et nous nous dévisageons sans aucune animosité. Je remarque ses mâchoires contractées. José est un sentimental. José s'est attaché. José a peur de blesser. Il s'attaque aux autres quand il se sent coupable. J'avance la main par-dessus le comptoir et je lui touche la joue. Le monde semble s'arrêter de tourner un instant.

– J'imagine que vous ne lui avez encore rien dit.

– Je n'ose pas.

– Il n'en mourra pas. Il sera sans doute triste, mais il n'en mourra pas.

– En fait, je crois que ce que je crains surtout, c'est que ça ne lui fasse ni chaud ni froid.

– Vous savez que c'est impossible, José.

– Mais je ne l'abandonne pas, hein. Je resterai en contact, bien sûr. Je me réinscrirai sur les réseaux, au besoin. Et puis je lui écrirai des lettres.

La phrase reste en suspens un moment et j'imagine José penché sur un papier, rédigeant des phrases à une époque où les messages ne dépassent pas une dizaine de mots. Cela n'a rien de ridicule, bien au contraire. C'est très touchant. Je ne me rappelle pas depuis combien de temps je n'ai pas reçu de vrai courrier – autre chose que des factures et des prospectus.

– Vous l'aimez beaucoup, n'est-ce pas ?

Il baisse les yeux. Place un verre dans la lumière à la recherche de traces suspectes. Incline la tête. Le sujet est clos.

– En tout cas, Chloé et moi, nous allons prendre un café. En terrasse, sans doute, maintenant qu'il fait beau. J'ajouterai un verre de rosé, pour moi. Histoire de célébrer…

– Mon départ ?

– Oui, après tout, pourquoi pas ? Votre nouveau départ. Et l'arrivée de la môme.

– Elle n'est pas si jeune. Ils étaient en classe ensemble.

– C'est bien ce que je dis. Fabrice est un gamin aussi. C'est mon gamin.

– Vous avez vu ce qu'elle dessine ?

– Pas vraiment, non.

– C'est très beau. Enfin, je n'y connais rien en art. Mais c'est... c'est très vivant. Ah, et merci.

– De quoi ?

– Je ne sais pas exactement.

Je retourne informer Chloé de notre déménagement en terrasse. Celle-ci commence à se remplir. Fabrice court partout et des gouttes de sueur perlent sur son front. Ifemelu s'énerve en cuisine et appuie à intervalles réguliers sur la sonnette, pour signaler que les plats sont prêts. Exactement comme chez Mous', il y a quinze ans. Je réprime un sourire à l'évocation de ce nom. *Mous'*. Une référence au faux col des bières, croyait-on. Le diminutif de Moustache, clamait-il en faisant admirer ses bacchantes. Personne ne soupçonnait qu'en fait c'était la contraction de son vrai prénom – Mustapha. J'aime les significations cachées. J'aime l'idée qu'on se rende chez Tom, sans avoir de quoi il retourne.

Mous'. Je revois son visage dans la pénombre de la grande pièce. Je me demande qui connaît les circonstances exactes de son décès. Pas sa veuve, en tout cas, et c'est tant mieux. Mous' est mort d'une crise cardiaque dans la montagne alors qu'il s'affairait sur une dame qui n'était pas son épouse. C'est une belle mort, non ? Mous' était un infatigable séducteur. Je suis sûre que si je me concentre un peu, je peux retrouver la sensation du poids de son corps sur le mien, et le petit couinement ridicule qui précédait son orgasme.

Je fixe un point par-delà l'épaule de Chloé et je souris. Chloé fronce légèrement les sourcils. Elle me demande à quoi je pense. Quand je lui rétorque « au sexe », elle répond que ça ne l'étonne même pas.

– Parlez-moi plutôt d'Annika. Parce que c'est bien là que nous en étions, non ?

Chloé – en terrasse

Ça a tout de suite accroché, avec Annika. Elle est venue le surlendemain au salon de thé, et nous avons papoté comme si nous nous connaissions depuis des lustres. Entre nous, elle a opté tout de suite pour le suédois. Sa mère était de Stockholm et elle parlait un suédois fluide qui me rappelait mes cours, à l'université. C'était une façon subtile de me faire sentir autochtone tout en n'employant pas cette langue finnoise qui me restait souvent obscure. Elle était très diserte sur son métier de doula, même si elle refusait de parler en détail des couples dont elle s'était occupée, et particulièrement d'Helena et de son mari. Elle était passionnée par ce qui se révélait être un emploi au croisement de la médecine et de la psychologie. Quand je lui ai demandé assez naïvement si je pourrais être doula, moi, elle a éclaté de rire, puis s'est excusée. Elle m'a répondu que rien ne s'y opposerait formellement, car les statuts étaient encore un peu flous, mais il était quand même fortement conseillé d'avoir déjà eu une expérience de la maternité. Et aussi de parler couramment la langue du pays. Elle a jeté un coup d'œil sur la salle, et a souri : « Mais pourquoi voudrais-tu quitter ce lieu ? C'est génial, non, d'avoir sa propre affaire et de donner du plaisir aux gens ? C'est l'essentiel dans la vie. » Donner du plaisir. L'expression ne faisait pas partie de mon vocabulaire courant. Ari se plaignait gentiment de mon manque d'inventivité et de ce qu'il appelait ma timidité sexuelle, là où j'aurais utilisé le terme « pudeur ». Peut-être Annika aurait-elle des conseils à me donner, quand nous nous connaîtrions mieux ?

Lorsque le logement attenant au salon de thé s'est trouvé vacant, je l'ai immédiatement prévenue. Je savais qu'elle cherchait un local professionnel pour toutes les tâches administratives et pour rencontrer parfois les futures mères hors de leur foyer. Elle y installerait des canapés profonds et une ambiance propice à la méditation ou à la confidence. L'idéal, disait-elle, ce serait un petit appartement pas trop cher mais douillet. Celui que je lui ai proposé lui a convenu à merveille. Elle était enchantée. Nous avons même fêté ça au faux champagne russe, dans mon salon de thé. Elle a évoqué ses premières amours. Elle avait très tôt multiplié les expériences. Elle n'en tirait ni honte ni fierté. Elle pensait que nous avions tous un chemin différent à emprunter et que c'était ce qui faisait la richesse des rencontres.

Elle, elle aimait la peau des autres. Leur goût. Elle aurait voulu collectionner les odeurs de ses amants. Elle aurait adoré être nez chez un parfumeur.

J'en étais là quand Fabrice est venu se planter devant notre table avec nos cafés et a demandé s'il pouvait se joindre à nous quelques minutes. Jocelyne a froncé les sourcils, a rétorqué qu'en fait il tombait assez mal, mais que bon, elle ne voyait pas comment lui refuser quoi que ce soit. Il a murmuré quelques mots d'excuse, a commencé à rougir au niveau du cou, et allait tourner les talons quand Jocelyne a aboyé un « Assieds-toi ! » qui a fait sursauter les clients des tables alentour.

La présence de Fabrice brouillait mes pensées. J'avais du mal à me concentrer et je ne retrouvais plus le fil de mes souvenirs. J'ai bredouillé quelques débuts de phrases mais l'envie n'y était plus. Jocelyne a sermonné Fabrice. On n'interrompt pas une conversation privée, un point c'est tout. On attend d'être invité – c'est de la politesse pure et simple, nom de nom. Du savoir-vivre. En attendant, voilà le résultat, a-t-elle ajouté en se tournant vers moi : elle est perdue. Vous étiez en train de parler d'Annika et du local professionnel qu'elle avait loué à côté de votre bar. J'ai rectifié et précisé qu'il s'agissait plutôt d'un salon de thé. Nous ne servions pas d'alcool. Nous aurions certainement fait de meilleures affaires, mais je n'avais pas envie de gérer les clients saouls. Les Finlandais consomment beaucoup de bière – et se comportent comme tout le monde dès qu'ils ont un coup dans le nez. Fabrice n'a pas pu s'empêcher d'intervenir à nouveau, déclenchant le courroux de Jocelyne.

– Eh mais vous connaissez le métier alors ! Vous pourriez... Non rien.

Je crois que nous avons tous complété la phrase mentalement mais aucun de nous ne l'a terminée à voix haute. Fabrice, parce qu'il se rendait compte qu'il était allé trop loin et qu'il ne savait rien de moi. Jocelyne, parce qu'elle trouvait la réaction totalement inappropriée. Nous étions penchées sur mon passé et non sur mon avenir. Et moi, parce que je n'avais pas envie de bouger. De passer de l'observation à l'action. J'avais déjà eu assez de mal à m'extirper de la demeure familiale et à me traîner jusqu'ici. Tous les matins, c'était une nouvelle victoire. J'échappais aux sables mouvants de la maison de ma mère. Je revenais vers la vie. J'avais réussi à m'en extraire déjà une fois, l'été dernier, au terme d'une lutte terrible contre l'apathie, pour travailler dans la supérette du quartier. Ils recherchaient quelqu'un pour s'occuper de la caisse et de la mise en rayon. Ils ne s'attendaient pas à trouver aussi qualifié que moi. Ils avaient été ravis et m'avaient demandé de prolonger cet automne, mais je commençais à me sortir de mon demi-sommeil et à regarder plus loin – j'avais décliné l'offre, persuadée que j'allais mobiliser mon énergie à trouver un travail qui correspondrait mieux à mes attentes.

Et puis le premier couvre-feu est arrivé, bientôt suivi du deuxième et du troisième, qui imposait à tout le monde de rentrer à dix-huit heures précises, si bien que dans les rues, nous nous hâtions tous pour retrouver nos pénates, comme si une maladie mortelle était à nos trousses. Les offres d'emploi n'étaient plus d'actualité. Je me suis recluse à nouveau. J'ai tourné dans la maison pendant des heures, de jour comme de nuit. J'en connais les plus infimes recoins. Plus de six mois d'errance en milieu fermé. J'ai cru à un moment que j'allais rester prisonnière de ce décor que je n'avais même pas choisi. Ma mère aussi, d'ailleurs. Elle a commencé à s'inquiéter. Elle me téléphonait et me trouvait confuse. Au début du printemps, elle a demandé à un voisin de venir s'assurer que je m'occupais correctement de son intérieur. J'ai été charmante, je me doutais que cette visite était téléguidée. J'ai prétendu être avide de conseils en jardinage. J'ai insisté sur le temps que me prenait l'entretien de cette demeure trop grande pour moi. Il a rappelé ma mère pour la rassurer. Tout était sous contrôle.

Ma mère a néanmoins annoncé qu'elle pensait rentrer un peu en août cette année, quand la chaleur serait insupportable dans le Sud-Est. Accompagnée ou non, elle ne savait pas encore. Elle avait besoin de s'entretenir avec moi, pour tirer au clair ce qui m'était arrivé et ce que j'envisageais pour la suite. La menace de son irruption dans mon univers a eu le mérite de me sortir de ma torpeur. Il fallait que je revienne dans le monde – mais je ne pouvais accomplir le voyage que progressivement. Par paliers.

Premièrement, trouver un refuge d'où je pourrais observer mes congénères. J'ai d'abord pensé à la médiathèque – mais ses utilisateurs réguliers étaient des isolés, comme moi. Des exclus temporaires. Un café, oui. Pas un salon de thé – en France, les rares salons de thé qui subsistent n'accueillent qu'une clientèle triée sur le volet. Un bar. Un endroit populaire. Un peu à l'écart de l'agitation de l'hypercentre, mais dans une rue passante quand même. Lors de ma première sortie, je clignais des yeux sans cesse, comme si j'avais été plongée dans l'obscurité très longtemps et que la lumière m'aveuglait. Une taupe. Voilà ce que j'étais devenue. Pas une vieille. Une relativement jeune. Mais cabossée. Qui voudrait d'une taupe cabossée ?

– Nous reprendrons notre conversation plus tard, non, Chloé ? J'ai un rendez-vous à quinze heures, mais je reviendrai ici ce soir. À l'apéritif. Voici mon numéro de téléphone. Appelez-moi et j'aurai le vôtre. Fabrice, je vais prendre l'addition, si ça ne te dérange pas.

Fabrice hésite deux secondes. J'ai l'impression qu'il voudrait en apprendre davantage sur la taupe cabossée, mais il obtempère. Fabrice n'est pas un rebelle. Je l'ai compris, à force de l'observer. Il louvoie entre les injonctions des autres et ses désirs propres. Il tente de maintenir le cap. De temps à autre, comme en ce moment, il est contrarié. Une ligne barre son front. Je ne peux réprimer un sourire. Il a mordu à l'hameçon. Je n'en espérais pas tant.

15h00

José

Il faut absolument qu'on embauche quelqu'un pour aider Ifemelu en cuisine, sinon on tiendra pas. Enfin, *Fabrice* tiendra pas. Je reformule et je grimace. Je vais avoir du mal à me détacher et je déteste cette sensation de dépendance. La liberté de mouvement, c'est ce à quoi j'aspire avant tout – surtout après dix-huit mois de contraintes.

Les clients reviennent. J'en suis soulagé. L'an dernier, déjà, en juillet et en août, on avait bien tourné – mais les gens s'installaient uniquement en terrasse, restaient à distance les uns des autres, et gardaient souvent le masque. Ils étaient précautionneux et timides. Personne s'aventurait dans la salle. L'intérieur était devenu tabou. Ils restaient dehors et se prenaient en photo, pour bien montrer sur Snapchat à quel point ils revivaient. À quel point nous étions de retour dans la normalité. Ça a duré que quelques semaines. Je sais pas ce qui va se passer cette année. Je doute.

J'ai entendu ce matin que le Royaume-Uni adoptait le passeport vaccinal. On peut plus traverser la Manche qu'avec une double vaccination – et ça empêche pas la quarantaine à l'arrivée. Dès que les frontières baisseront la garde, je fuirai. Ann et Peter m'attendent en Écosse. Je les ai rencontrés ici il y a une paire d'années. Ils m'ont parlé de leur projet de ferme alternative. Ils ont ajouté qu'ils auraient toujours besoin de bras. Ce sera mon premier point de chute.

Je le lui ai annoncé.

Tout à l'heure. On était plus que tous les deux. La femme aux dessins – Chloé, donc, puisque c'est son prénom – était partie peu après l'ancienne patronne. Fabrice se rongeait les ongles. Au début j'ai pensé que c'était pas le bon moment, parce qu'il était préoccupé par autre chose : comment retenir l'attention de cette fille et comment se montrer sous son meilleur jour. Et puis finalement, j'ai compris que c'était peut-être pas plus mal. Tant qu'il se projetait dans une aventure possible, les coups porteraient moins. La nouvelle de mon départ occuperait pas tout l'espace.

Il a encaissé. Je le connais par cœur. Il a détourné le regard pour éviter que je perçoive son émotion. Il s'est agité, s'est justifié en lançant qu'on venait d'entendre le tonnerre, que la pluie était de retour et qu'on devait tout de suite ranger les parasols. Pour les tables et les chaises, tant pis, on les nettoierait après. Je l'ai laissé faire. Je sais le temps dont il a besoin pour intégrer une nouvelle. Ensuite, il s'est affalé sur la banquette à la table numéro 4. Je lavais les verres pour la centième fois derrière le bar, histoire de me donner une contenance. Il m'a fait signe de le rejoindre. Je me suis préparé à la bordée d'injures ou à la série de questions, comment, pour qui, pour quelles raisons, est-ce que c'est une question de salaire, de conditions de travail, de responsabilités ? Je m'attendais aussi au chantage affectif, aux références à notre adolescence, à notre colocation, à tout ce fatras que nous avons partagé et qui nous lie. Il y a rien eu de tout cela. Il a pas ouvert la bouche. Je sentais les mots qui se bousculaient dans sa gorge et qui trouvaient pas leur chemin. J'avais mal pour lui. J'ai essayé de l'aider. J'ai voulu reprendre la parole, mais au moment où je commençais ma phrase, il a eu ce geste hallucinant : il a posé son index sur mes lèvres et il a murmuré que j'allais beaucoup lui manquer.

J'ai revu la rocade qui séparait nos deux quartiers. La confrontation avec les trois cailleras. Nos courses matinales dans le parc. J'ai répondu que moi aussi et j'ai plongé dans son regard. Ça a été un des moments les plus troublants de mon existence. Je crois que j'ai jamais connu autant d'intimité avec qui que ce soit auparavant. Ensuite, je me suis arraché. Alors que nous étions en début d'après-midi et que des clients allaient sans doute s'installer en terrasse d'ici peu, une fois l'averse terminée, je suis allé chercher un whisky écossais très tourbé pour moi et une bière avec un trait de citron vert et d'eau gazeuse pour Fabrice. Je me suis souvent moqué de son attirance pour cette boisson de jeune fille anglaise de bonne famille – la *lager and lime* – qui désaltère et alcoolise si peu. J'ai expliqué. L'envie d'évasion, décuplée par les semaines d'enfermement et les différents couvre-feux. Une vie au jour le jour, mais choisie, et pas subie. Il a souri en répondant que c'était quand même étonnant, au milieu de la pandémie. J'ai haussé les épaules. J'ai été un des premiers dans ma tranche d'âge à me faire vacciner – je me doutais que les frontières resteraient fermées à ceux qui refusaient les injections.

– Je savais que tu étais un homme du voyage.

Ce sont les mots qu'il a prononcés ensuite. Il a ajouté qu'il aimait cette idée-là, et le contraste qu'elle formait avec l'image que je projetais, le gars fermé, limite patibulaire, issue des barres d'immeubles au-delà de la rocade et toujours prisonnier de son milieu malgré son logement en centre-ville. J'ai secoué la tête quand il a employé cet adjectif, « patibulaire », que personne n'utilise plus depuis des années. C'est un des traits qui m'a séduit d'emblée chez lui. Sa façon de manier le vocabulaire. D'embobiner l'interlocuteur avec des mots.

Il a fermé les yeux. Il a dit que les contrastes, ils existaient aussi entre nous. Lui, c'était un homme d'intérieur. Il aimait la salle, les banquettes – oui, le skaï était désagréable, mais tant pis –, la musique en sourdine, le bois du bar. Moi, j'étais toujours attiré par la terrasse, le soleil et le vent dehors. Il était déjà allé à Londres une fois, et à Madrid aussi, mais il ne ressentait pas l'envie de crapahuter autour de la terre pour se gaver de lieux et de rencontres. Il s'enracinait. S'encroûtait peut-être. Peu importe. C'est ici et maintenant qu'il se sentait bien.

J'ai évoqué mon remplacement. Il a soupiré. J'ai précisé que j'y avais beaucoup pensé, mine de rien, et que j'avais la personne adéquate, mais que j'ignorais s'il serait partant. Je pensais même qu'il refuserait net.

– Pourquoi donc ?

– Il s'appelle Ahmed.

– Et ? Je te rappelle que j'ai embauché Ifemelu et que...

– C'est l'un des trois à qui tu as filé de l'argent pour éponger mes dettes.

J'avais tout anticipé sauf l'éclat de rire. Spontané. Puissant. Incontrôlable. Il était tellement secoué de hoquets qu'il a été obligé d'aller se calmer aux toilettes et de se passer de l'eau sur le visage. Quand il est revenu, il était rayonnant.

– Tu veux dire que pendant tout ce temps, tu es resté copain avec les mecs qui ont voulu te défoncer le portrait ?

– D'abord, je suis pas certain qu'ils l'auraient fait. Ensuite, ils avaient raison. C'était moi, l'embrouille, pas eux. Au début, on s'est évités. Ils se sont foutus de moi et de mon protecteur, mais l'été suivant, j'ai tiré Ahmed d'un faux pas et à partir de là, l'ardoise a été effacée.

– Donc ton Ahmed qui extorque de l'argent va travailler comme un chien pour un salaire de merde. Honnêtement ?

– D'abord, il tient qu'à toi que le salaire soit à la hauteur, et puis attends de goûter à ce qu'il cuisine avant de juger.

– Ses plats favoris ?

– Les salades compliquées. Les lasagnes végétariennes. Une tarte au potimarron dont il veut pas me donner la recette. Il mange plus de viande depuis des années.

– Et il appartient incognito à Greenpeace aussi ?

– Pourquoi ? C'est incompatible avec le fait de s'appeler Ahmed ?

Fabrice a baissé les yeux – je savais que j'avais touché juste. La cible était facile. Nous gardons tous dans un coin de notre cerveau des stéréotypes racistes ou sexistes prêts à s'échapper au détour d'une réplique. Tous. L'important, c'est seulement d'en avoir conscience – et de s'excuser après. Fabrice a levé les deux mains en signe de reddition, et j'ai pas pu m'empêcher d'enfoncer le clou.

– Ah, sinon, la famille d'Ahmed habite ici depuis le début du XXe siècle. On compte plus le nombre de générations. Il ira très bien avec ta Finlandaise. Tapons dans le cliché. Le chaud et le froid. La glace et le feu.

Il y a eu un moment de silence tout à coup. Aucune voiture ne filait dans la rue. Pas une ombre à la ronde. Nous aurions pu être les derniers survivants d'un cataclysme. Fabrice a plissé les yeux.

– Ma Finlandaise ?

– La fille qui reste là toute la matinée à dessiner.

– Elle s'appelle Chloé.

– Je sais. J'écoute. Je l'ai entendue raconter à la vieille qu'elle tenait un salon de thé en Finlande.

– La vieille se prénomme Jocelyne.

– Oui, elle me l'a dit. Elle a aussi mentionné les liens qui étaient les vôtres. Comme quoi, tu me confies pas tout. C'est sans doute ce qui m'a décidé à tout avouer aujourd'hui. Maintenant, nous sommes quittes. Tu m'as jamais parlé d'elle et moi, j'ai pas évoqué mon envie de partir.

– Ce n'est pas un combat, José. Nous ne sommes pas en lutte.

Nous sommes restés silencieux un moment. Dehors, une averse s'était abattue sur la ville puis avait cessé aussi brutalement qu'elle avait commencé. J'ai pensé à la mousson. Je me suis demandé quand, dans mon tour du monde, je passerais par l'Inde. Quand il y aurait plus de variants. Quand on aurait oublié jusqu'au terme de « variant ». Je boirais une bière insipide dans un bar à New Delhi ou à Mumbai et j'aurais une pensée pour Fabrice et sa Finlandaise, en train de nettoyer et de ranger le Tom's. J'ai repris la parole.

– Fabrice, tu sais, tu devrais changer le nom de ce bar. C'est… on dirait un truc des années soixante-dix. Ça cadre pas avec ce qu'on en a fait. Ce que c'est devenu.

– Je ne peux pas.

– Comment ça, tu peux pas ?

– Une promesse. Je respecte les promesses.

Il s'est levé, s'est étiré et a ouvert la porte en grand. Le soleil se faufilait entre les nuages. Les passants étaient encore rares, mais tout à l'heure, les clients reviendraient. Surtout à la fermeture des bureaux. Ils sont tellement heureux de reprendre petit à petit leurs anciennes habitudes. Un apéritif. Deux. Quelques plaisanteries douteuses. Au bout de quelques minutes, la conversation dévie sur le chef ou sur un des collègues, qui a le malheur de ne pas correspondre au moule. Il y a toujours une fille qui le ou la défend, qui dit qu'on doit respecter toutes les opinions, alors ils esquivent, enchaînent sur les résultats de l'équipe de foot locale, les vacances. Les fantasmées – celles qu'ils passeraient en République dominicaine, en Croatie ou à Miami dans un quatre étoiles où ils resteraient toute la sainte journée à siroter des cocktails à côté de la piscine. Les réelles – une semaine chez les grands-parents, on aurait bien aimé laisser le petit mais les vieux s'en vont randonner je ne sais où, c'est pénible, on ne peut pas compter sur eux. Ensuite, quinze jours à Mimizan en camping avec des copains. Le terrain est un peu loin de l'océan mais on louera des vélos. Et quand on reviendra, on se retrouvera ici et on se racontera tout ça, pas vrai ?

Je ne serai plus là. Je n'admirerai pas leur putain de bronzage cette année. Je n'écouterai pas leurs pauvres anecdotes. Je serai loin. Les landes à perte de vue. Les bêlements des brebis. La fraîcheur de l'air et la pluie sur la bruyère. Je ne regretterai rien. Ni personne. Sauf Fabrice.

Il n'y a que lui qui va me manquer.

Manon, 42 ans – en terrasse

La première personne que je vois. J'hallucine. Non, mais, honnêtement, il y a combien de chances sur dix mille pour que ça arrive ? Et « chance » n'est pas le mot qui convient. Malchance, plutôt.

J'avais envie de prendre l'air. Il était encore tôt. Je n'avais même pas prévu d'aller dans un café ou de rentrer dans un magasin. Je voulais juste faire un tour, retrouver d'anciennes habitudes. Il y a plusieurs semaines maintenant qu'il est possible d'aller où on veut et le temps qu'on veut, mais mon corps semble resté en confinement, en couvre-feu, enfin, en limitation de contacts, quoi. Je dois l'amadouer, lui réapprendre le dehors, les interactions – les sentiments, aussi. J'imagine que je ne suis pas la seule – une légion d'individus se sont rétractés et ont du mal à s'ouvrir à nouveau.

J'ai tout de suite senti que j'allais peut-être retomber dans mes travers. Retrouver la solitude, l'isolement, et une certaine forme de honte. Alors au début, j'ai lutté. J'ai participé à des apéritifs virtuels, j'ai voleté d'un réseau social à l'autre, et j'ai tenté de garder un lien avec tous ceux que je connaissais. Et puis comme tout le monde, je me suis lassée. Je voulais du vivant. Du sang. De la chair. De la peau. Il était temps de sortir à nouveau. Et là, je tombe sur lui, et tout déraille.

Pour être tout à fait honnête, je me doutais qu'il devait être dans les parages. J'avais vu l'avis de décès de son père, et c'est le genre d'événements auquel tu ne peux pas couper, que tu vives à l'autre bout du monde ou non. Je vais y être confrontée aussi, dans les prochaines années, puisque mes parents vont bientôt devenir octogénaires, mais je préfère ne pas y penser. Pour l'instant, ils sont en pleine forme. Ils ont beaucoup de projets. Quand je déjeune avec eux, ils me parlent avec volubilité de ce qu'ils vont entreprendre le mois prochain, des voyages qu'ils rêvent encore de faire. Bien sûr, le virus a refroidi leurs ardeurs, mais maintenant qu'ils sont vaccinés, ils recommencent à compulser les catalogues. Leur unique souci, au fond, même s'ils ne le montrent pas, c'est moi. Mon célibat. Pendant longtemps, mon père a essayé de savoir par tous les moyens si je « voyais quelqu'un ». Il insistait bien, homme ou femme, peu lui importait, du moment que j'étais contente. Mon père ne peut pas concevoir qu'on puisse être heureux en étant seul. Il a raison. On ne l'est pas.

Je ne vais pas me plaindre – j'ai ma part de responsabilité. Je ne suis pas prête à tout pour être en duo et je ne suis pas le meilleur porte-parole du couple qu'on puisse trouver. Je m'épanouis professionnellement. J'aime mon emploi au sein de cette association de lutte pour l'insertion des migrants. Il est utile et je m'y trouve efficace. Je suis confrontée tous les jours à la précarité et, contrairement à la plupart de ceux qui vivent dans ce pays, je sais ce qu'est la misère. Je soulage – et c'est sans doute le plus beau verbe qu'on puisse conjuguer dans cette existence.

Je m'aperçois que je suis en train de débattre. De tenter de me justifier. C'est pathétique. C'est comme si j'étais entrée en conversation avec lui et que je lui expliquais par A plus B que, non, absolument pas, je n'étais pas cette quadragénaire aigrie qu'on lui a décrite avec un pincement des lèvres – la pauvre, c'est bien triste tout ça.

Je ressens de la colère. Je la reconnais qui bout dans mon corps. Du métal en fusion. Cela fait très longtemps que je n'en ai pas ressenti et elle me donne un coup de fouet. J'ai envie de marcher pendant des heures et de hurler sous les ponts de chemin de fer. Épuiser ma rage. Une partie de moi est stupéfaite, et, avouons-le, décontenancée. L'autre est épouvantée et n'en revient pas de voir que j'en suis encore là – que les failles ne se sont pas comblées.

Tout ça à cause de lui. Quand je l'ai vu, je l'ai reconnu tout de suite alors que dix-sept ans ont passé (oui, oui, je sais, et presque dix-huit, dix-sept plus dix mois, c'est pitoyable d'avoir un décompte pareil dans un coin de son crâne, ça en dit long sur la rancune que je prétends ne pas ressentir).

Je me rejoue la scène. J'étais contente parce que je m'étais levée tôt et que j'étais en forme. J'avais décidé d'aller faire un grand tour, qui me mènerait peut-être aux limites de l'agglomération. La semaine précédente, j'avais cheminé si longtemps que je m'étais retrouvée au milieu des champs, avec à l'horizon ces collines où je ne m'étais pas rendue depuis mon enfance. C'était une étrange vision – ce paysage qui avait très peu changé malgré les années. J'étais plongée dans mes pensées. Je ne m'étais même pas aperçue que j'avais quitté la ville. Je réfléchissais à la liste des activités que j'affectionnais, parce que je voulais l'afficher au-dessus de mon ordinateur pour me rappeler que mon but dans l'existence, c'était maintenant avant tout de me faire plaisir – la randonnée était l'une des premières idées qui m'étaient venues à l'esprit.

J'ai descendu l'escalier, je suis sortie, j'ai jeté un coup d'œil au ciel menaçant – la météo avait prévu des orages passagers, je m'étais dit que je trouverais bien un endroit où m'abriter en attendant, et puis de toute façon, j'aime la pluie, je ne comprends même pas pourquoi j'ai pu souhaiter m'enterrer dans un pays désertique alors que je suis profondément tempérée. Européenne. Je le sens dans mes os et dans ma chair. J'appartiens à ce continent, et j'ai failli l'oublier. Je me suis longtemps rêvée héroïne de Jane

Austen, tentant de passer entre les gouttes et riant avec impertinence aux remarques des galants.

Je me suis avancée dans l'avenue Anatole-France. Des voitures me dépassaient en trombe. Certaines se dirigeaient vers l'hôpital. Quelques mois auparavant, nous avions cru que les équipes ne résisteraient pas à la pression, mais finalement, le bâtiment était encore debout et le personnel aussi, malgré son épuisement. Au centre, nous n'avions plus eu le droit d'alphabétiser, du jour au lendemain – et les adultes dont nous nous occupions n'avaient pas le matériel informatique nécessaire pour que nous puissions garder un contact virtuel avec eux. Nous en avions perdu beaucoup. Certains s'étaient évaporés. J'avais gardé le bracelet d'Asbige. Elle l'avait oublié dans la salle, le dernier jour. Je le portais lorsque j'ai remarqué sa silhouette sur le trottoir d'en face.

Comment est-ce qu'on peut expliquer ça ? Je l'ai reconnu alors qu'il était encore loin de moi et que je ne l'avais pas vu depuis des années. Une sensation au creux du ventre. Entre la faim et le dégoût. Et puis cette douleur en bas du dos, qui remonte le long de la colonne vertébrale et vient irradier le cou.

Je crois que j'ai murmuré : « Ce n'est pas possible », mais je ne suis plus sûre de rien parce que j'étais submergée par les images, les sons, les couleurs, les mots, qui sortaient en fanfare de tous les coins de ma mémoire, une incroyable cacophonie. J'ai trébuché et c'est ce qui a attiré son regard de l'autre côté du trottoir, au moment même où je tentais de reprendre le contrôle en me répétant mentalement, comme un mantra, que c'était terminé, terminé, terminé.

Il a traversé la rue de la Liberté et je l'ai vu s'approcher. J'aurais dû continuer mon chemin, mais j'étais fascinée par la plaie qui venait de se rouvrir et je ne bougeais pas d'un pouce. Mon souvenir a franchi les années pour s'ajuster à sa nouvelle silhouette. Ce côté épais que je ne pensais pas qu'il aurait un jour. Il était d'une grande nervosité quand nous étions ensemble, ses mains tremblaient souvent, c'était touchant ou agaçant selon les circonstances. Et ses cheveux. Mon Dieu, ses cheveux. On n'imagine jamais chauves les amants de notre jeunesse.

Je me suis souvenue de ses boucles. Il les chérissait et les détestait à la fois. Il les aurait voulues plus disciplinées. Elles cachaient souvent son visage. Je les sentais sur mon cou, mes seins, mon ventre. Je me suis redressée vivement, comme si j'étais attaquée par un animal. Un chien du passé. Pourtant il avait l'air bien inoffensif, avec sa calvitie, ses joues flasques, son corps avachi. J'aurais aimé que cette revanche du temps me satisfasse. Cela n'a pas été le cas. Il faut être pervers pour goûter les effondrements.

Il a prononcé mon prénom, avec un presque point d'interrogation en fin de phrase. Une demande de confirmation. J'ai hoché la tête et il a souri. Les années n'ont pas altéré son sourire. Il fend son visage en deux et vous ouvre le monde.

– Je suis content de te voir. Je n'osais pas te rendre visite, a-t-il déclaré timidement.

J'ai acquiescé de nouveau – qu'est-ce que je pouvais faire d'autre ? Répondre que pas moi, connard, toujours pas moi, re-connard ? J'ai senti mes muscles se contracter et ma respiration devenir plus courte.

– Tu as su pour papa ?

Je me suis détendue un peu. C'était inévitable. J'avais entretenu de bonnes relations avec celui qui, finalement, n'aura pas été mon beau-père. Il n'arrêtait pas de répéter que j'étais beaucoup trop bien pour son fils, contre lequel il s'agaçait souvent. Trop impulsif. Trop dispersé. « Vous, on voit que vous avez un but, et que vous marchez droit pour l'atteindre. » C'est à cause de phrases comme celles-là que je ne suis pas retournée le voir quand j'ai atterri ici, mes ailes coupées. Je ne voulais pas le décevoir. Je pensais le rencontrer dans les rues du centre-ville, un jour, mais il y a des gens dont on ne recroise pas le chemin et qui meurent sans qu'ils sachent qu'on habite à quelques centaines de mètres de chez eux. J'ai hoché la tête. Il a soupiré.

– Ce n'était pas un bel enterrement.

Pour la première fois, j'ai croisé son regard. Il semblait totalement délavé. J'ai nettement identifié le sentiment qui m'a traversée de manière fulgurante. C'était de la pitié. Elle est partie comme elle était venue, mais elle a laissé sa marque. Il continuait de parler tout seul.

– La jauge n'était plus limitée, mais il n'y aurait pas eu de différence, parce qu'il n'y avait presque personne. Plus on vieillit, moins on a d'amis et de témoins de sa vie, surtout pour papa, qui n'a finalement jamais été très sociable ni très famille, comme on dit. Il n'a pas su entretenir les relations.

J'ai tiqué. C'est peut-être pour cette raison-là que nous nous entendions bien, son père et moi. J'ai des collègues très sympathiques, nous abattons un travail solide et sérieux, nous savons nous dérider ensemble, mais je ne sais pas si elles me considèrent comme une amie. Probablement pas. Nous nous confions assez peu de choses sur nos vies respectives. Je me suis aperçue que je ne laissais plus les autres approcher trop de mes domaines intimes. Depuis dix-sept ans et dix mois, donc. Après la rupture, quelque chose s'était cassé. Un ressort vital. Une petite voix me répétait que c'était forcément aussi ma faute, puisque ça n'était arrivé à personne d'autre. Bien sûr, les séparations, les gens en subissaient tous les jours, parfois à l'amiable, parfois violentes, et elles blessaient, souvent profondément. Mais elles n'étaient pas aussi dévastatrices. Aussi effarantes. On entend beaucoup dire que ce qui ne nous tue pas nous rend plus fort. C'est la plus grande connerie que j'aie jamais entendue. Ce qui ne nous tue pas nous tue quand même.

Il m'avait téléphoné un soir. Il était très excité et très ennuyé en même temps, disait-il. Il était en Australie depuis quatre mois, et il avait promis de rentrer en avril. Seulement voilà : on lui proposait un poste permanent, extrêmement intéressant et surtout très bien payé. La contrepartie, c'est qu'il devrait rester là, à Sydney, au moins trois ou quatre ans.

Ah – et puis le corollaire : évidemment, il ne pouvait pas prendre de congés tout de suite. Il ne pourrait pas rentrer à Pâques. Je n'ai même pas cillé. J'ai répondu que ça ne posait aucun problème. On allait inverser les déplacements – c'est moi qui viendrais. Une fois sur place, nous parlerions de ce que nous envisagions pour la suite. Il y a eu quelques secondes de silence. Depuis, je suis extrêmement attentive, pendant les conversations. J'écoute davantage les silences que les mots. C'est devenu ma marque de fabrique, au travail. Je sais débusquer les secrets de ceux que je veux aider. Je les accouche – je suis la sage-femme des mots. À l'époque, je n'écoutais pas. Je n'ai pas entendu la réticence. Même quand il a évoqué le prix du billet et la difficulté d'obtenir un visa. J'ai ri en rétorquant qu'on avait l'impression que ça ne lui faisait pas plaisir que je vienne. Évidemment, il s'est récrié. Mais si bien sûr. Il attendait cela depuis si longtemps, j'étais bien sûre que ça ne me poserait pas de problème au boulot ?

J'ai donné mon préavis dans la foulée. Tout le monde autour de moi disait que j'étais folle. Je n'avais qu'à demander un congé sans solde au lieu de démissionner. Je souriais. Je savais que je ne reviendrais pas. Je suis partie dans la légèreté. J'avais une petite valise, avec le strict nécessaire. J'achèterais le reste sur place. Étienne gagnait largement pour deux, maintenant – et je ne tarderais pas à trouver un emploi. On disait que c'était facile, là-bas, une fois les papiers obtenus.

Étienne.

C'est son prénom. Ça l'était toujours alors qu'il se tenait devant moi, tout à l'heure, avec ses yeux larmoyants de basset maladif, sa calvitie galopante et son embonpoint gênant. Il ne se ressemble plus – il n'y a plus que son prénom pour assurer son identité. Je ne devrais pas le dire, mais après la colère et la pitié, il y a eu de la joie. Une joie pure et violente. Regarde ce que tu es devenu. Tu es enfin aussi laid à l'extérieur qu'à l'intérieur.

Le vol Paris-Sydney était très long et j'étais impatiente de le voir. Je m'étais tournée et retournée sur mon siège avant de prendre la décision d'avaler ce somnifère qu'une amie phobique de l'avion m'avait donné. Je m'étais réveillée groggy. J'avais même oublié mon bagage à main et une hôtesse de l'air me l'avait précipitamment redonné. C'était une femme d'origine asiatique, avec de longs cheveux noirs. Pourquoi des détails inutiles comme celui-ci se fixent-ils dans le bain de la mémoire et ressortent-ils, intacts, des années après ?

C'est à cette employée de Qantas que je pensais, dix-sept ans après, alors qu'Étienne se tenait devant moi, incertain, l'ombre de lui-même.

– Je voulais t'appeler.

Quand, Étienne ? Il y a dix-sept ans, ces jours derniers ou à un moment donné entre ces deux dates ? Après ton divorce, peut-être. Toutes ces histoires pour la garde de ta fille, il paraît que ça t'a vraiment atteint. Je n'en tire, pour le coup, aucune jouissance, même si j'ai dû jeter une fois ou deux un : « Bien fait pour lui ! » devant la glace de la salle de bains, dans ces moments où, enfin, on s'autorise à cracher son venin. Je n'ai pas cherché à avoir de tes nouvelles – mais j'en ai eu, évidemment. Après tout, tu as vécu toute ta jeunesse dans cette ville et tes parents y habitaient encore. Tu as développé des amitiés d'autant plus fidèles que tu habites à l'autre bout de la terre et que c'est facile, au fond, d'entretenir des liens distants. Nous sommes tous très forts pour nous faire croire que nous sommes entourés. Et puis un jour, sur un tarmac d'aéroport, nous nous rendons compte à quel point nous nous sommes fourvoyés.

La dernière fois que ton prénom a été mentionné, j'ai compris que l'eau avait tellement coulé sous les ponts que les souvenirs les plus cuisants avaient même été submergés. Le temps est une inondation et nos terres sont des polders dont les digues ont lâché. C'était la pause déjeuner, avec mes collègues, dans la petite salle qui donne sur le parc des Moulins. La conversation a dérivé sur les anecdotes croustillantes. Les réactions à demi avouables. Les petites humiliations. Anne-Lise, plongée dans la salade niçoise qu'elle avait préparée la veille et placée comme à son habitude dans le tupperware jaune, a confié qu'elle, elle connaissait une histoire de rupture vraiment atroce. Une copine lui avait raconté qu'une amie à elle, vous n'imaginez pas...

Le moment où tu deviens spectatrice de ta propre histoire. Où tu te sens déplacée dans ce territoire étrange et brumeux où tu tiens le rôle du protagoniste et de l'auditeur tout à la fois. Encore maintenant, presque deux ans après, je ne sais pas quoi faire de ce souvenir.

– Elle a tout plaqué pour rejoindre son mec qui était parti travailler au bout du monde, et ils avaient tout planifié, comment ils allaient s'installer, comment elle trouverait un boulot et ils seraient bien ensemble, alors elle arrive, en Australie ou en Nouvelle-Zélande, un coin par là dans l'hémisphère Sud, et il l'attend à l'aéroport et il lui dit que c'est fini entre eux.

Les cris des autres collègues. Leurs remontrances qui englobent d'un bloc tous les hommes de la planète parce que, au fond, ils sont tous comme ça, non ? Sûrs de leur bon droit, incapables de se mettre à la place des autres, empathie zéro, c'est comme mon Julien, je lui dis l'autre fois tu pourrais faire un effort quand tu sais que je viens, je ne sais pas, aspirer un peu, préparer un dîner au lieu de commander des pizzas, et il me sort que je suis trop dans le stéréotype. N'importe quoi ! Et toi, Manon, tu en penses quoi ?

Ma collègue s'est tournée vers moi, a pâli un peu, pensé *merde, une bourde*, parce que comment pouvais-je avoir un avis sur la gent masculine, moi qui vivais seule depuis des années, avec sans doute un chat ou deux ? Moi qui mourrais certainement seule dans mon appartement et dont on ne retrouverait le corps que parce que les voisins seraient incommodés par l'odeur qui planerait dans l'air. Il y a eu un moment de gêne que j'ai dissipé en souriant et en indiquant que je partageais tout à fait son point de vue, c'est pour ça que je préférais vivre seule que mal accompagnée, et mes collègues ont hoché la tête avec vigueur et émis des borborygmes d'approbation, tout en croisant les doigts dans leur dos en espérant qu'elles ne finiraient jamais comme moi.

J'aurais pu corriger Anne-Lise, la rapporteuse d'anecdotes. Nous n'avions rien planifié, non. Il m'attendait à l'aéroport. Son visage s'est à peine éclairé quand il m'a vue. Je me suis jetée dans ses bras et c'est là que j'ai senti la réticence. Physiquement. Celle que je m'étais efforcée de ne pas percevoir au téléphone. La peau, les muscles et les organes ne mentent pas. Il avait du mal à m'accueillir. C'est là que j'ai compris. Mais j'ai voulu l'illusion. Je ne pouvais pas faire autrement. J'étais épuisée. J'avais tout quitté. Ce n'était pas envisageable.

Des éclats de voix à la table à côté de la mienne. Un enfant vient de renverser une bouteille de soda. Les parents sont excédés. Ils auraient envie de le gifler, mais en public, non, décemment, ils ne peuvent pas. Je n'ai pas d'enfants. Je n'aurais pas su leur apprendre la confiance dans les autres. Je repense à ce qu'Étienne m'a sorti tout à l'heure, dans la rue. Il a dit qu'il avait voulu m'appeler.

– Mais je me suis aperçu que je n'avais pas ton numéro de téléphone.

Elle était tellement ridicule, cette phrase. Tellement hors de propos. J'ai pouffé. Lui aussi.

Puis il s'est excusé. S'est passé une main sur le visage. A soupiré. A ajouté dans un souffle qu'il aimerait bien me revoir. Il avait décidé qu'il ne retournerait pas là-bas. *Down under*. Là où on croise des kangourous sur les routes de campagne. Là où les incendies deviennent homériques. Là où la fin du monde commencera. Là où la fin de mon monde a débuté.

Il y a dix-sept ans et dix mois, ce n'est qu'en sortant du taxi que j'ai vu la façade de l'hôtel. Une grande tour en fer et en verre, avec de larges baies vitrées donnant sur la ville et sur l'océan, un peu plus loin.

– On ne va pas chez toi ?

– C'est en travaux. Je t'expliquerai. Je me suis dit que tu serais mieux ici.

– Tu ?

– Pardon ?

– Que je serais mieux ici ? Tu ne restes pas avec moi ?

L'incongruité de ces répliques. Elles sont restées gravées en moi. Je n'en revenais pas. Et lui, il se dandinait, un enfant pris en faute. Il s'est éclairci la voix. Il a dit que nous devrions aller manger quelque chose. J'étais sûrement morte de faim. J'avais pris trois repas dans l'avion – je n'avais besoin de rien, merci.

Il faut que je te parle.

Je n'ai pas suivi toutes ses explications. Ou plutôt, je tentais de comprendre, mais mon cerveau était resté en décalage horaire. Je courais après les phrases qu'il prononçait, je m'accrochais au dernier mot et tentais, en rampant sur les toits, de revenir au wagon de tête et à la locomotive. Il parlait de cette femme, plus vieille que nous, plus sûre d'elle aussi, de ce charisme auquel il avait été incapable de résister. Il avait laissé son appartement pour emménager chez elle, cela avait été si soudain, il ne s'attendait pas à ce que je comprenne, et puis il était très malheureux de me blesser, je signifiais tant pour lui.

– Attends.

J'ai tiré sur la sonnette d'alarme. Le train de ses mots s'est bloqué dans sa gorge.

– Pourquoi tu ne me l'as pas annoncé avant ? Quand j'étais encore en France ? Avant que je bazarde tout pour venir ici ?

– Comment ça, tu as tout bazardé ?

– Ne te préoccupe pas de ça. Réponds-moi seulement.

Je me rappelle avoir été étonnée de ma propre réaction. Je ne me suis pas effondrée. Je n'ai versé aucune larme – pas à ce moment-là, pas dans cet endroit-là, j'avais ma dose d'humiliation. J'étais calme et acérée – mais mes armes étaient inutiles, la carapace qu'il s'était bâtie était trop épaisse. Il a soupiré. Il a murmuré qu'il avait pensé que peut-être, en me voyant à l'aéroport, son attachement pour moi reviendrait au galop.

– Une étincelle. Voilà. Je pensais avoir l'étincelle en te retrouvant.

– Et ?

Je n'avais pas besoin de réponse. Il n'en a pas donné.

Une étincelle, connard ? Une putain d'étincelle ? Après vingt-quatre heures de vol ? Une nuit blanche. Pas douchée depuis deux jours. Une haleine de chacal. Une étincelle ? Enculé. Salaud. Ces mots-là, je rêve encore que je les lui balance. Qu'il se recroqueville. Que je le frappe. Qu'il se rend, finalement. Parce qu'il est faible. Peureux. Lâche. Sans couilles. Personne ne peut imaginer à quel point j'ai été atteinte. Une série d'uppercuts.

Je suis sortie en trombe dans le jour australien aveuglant. J'ai marché au hasard des rues, pensant qu'il allait me suivre, me rattraper, accepter la douleur, les hurlements, je méritais bien ça, merde. Mais pas du tout. À un moment donné, je suis repassée devant le restaurant et il s'était volatilisé. Il avait livré son message et il s'était envolé. Impossible de le joindre par téléphone.

J'ai pris un hôtel. Deux nuits. Allongée sur le lit dans cette chambre impersonnelle, à envisager les différentes possibilités – en fait, il y en avait peu. Je n'avais pas assez d'argent pour tenter de me construire une existence ici, sans lui. Surtout, je n'avais pas le visa adéquat. Il n'y avait qu'une option – revenir au point de départ. Ce point de départ où je le croisais de nouveau, dix-sept ans après. Ahurissant.

– On prendra un verre un autre jour.

Voilà. C'est sorti comme ça, tout à l'heure. Brutalement. Juste après avoir relevé la tête et l'avoir fixé. Son visage s'est décomposé. Il a eu une sorte de frisson, un hoquet de tout le corps. Je ne suis pas restée pour voir ce qu'il advenait ensuite. Miraculeusement, mes jambes ont retrouvé leur agilité et leur dynamisme. En une trentaine de secondes, j'étais hors de sa vue et de sa portée.

J'ai tourné et viré pendant plus d'une heure et demie. J'ai effectué le tour de la ville par les faubourgs, mes pas m'ont emmenée près du lycée et du bar que je fréquentais il y a une éternité – l'Atlantic, pourquoi est-ce que je me souviens encore de ce nom, et de sa patronne, une blonde peroxydée à la voix de fumeuse, qui avait ses chouchous et qui était à peine aimable avec les autres, et j'appartenais au second groupe, bien sûr ? Puis plus loin encore vers les lisières, celle de l'agglomération et celle de ma vie, de la sienne, des hasards et des nécessités. Je n'ai pas réussi à me calmer. Je suis revenue vers le centre. Il y avait ce café. Le Tom's, donc. Je crois que j'ai dû y venir une ou deux fois, avant mon départ pour l'Australie. À l'époque, il s'appelait le Dionysos, ou le Bacchus. C'était il y a tellement longtemps.

Je suis seule à la terrasse. La pluie a fait fuir les clients. Elle a raison, la pluie. Il faut tout lessiver. Les humiliations. La honte. Les mots. C'est la seule façon d'éteindre les braises et d'éradiquer les étincelles.

21h00

Jocelyne – en terrasse

Je suis repassée, comme promis. Le bar était presque désert – les clients étaient partis dîner. Depuis que les mesures ont été assouplies, les noctambules ont retrouvé leur rythme. Ils ponctuent les places de la ville de leurs rires jusque tard dans la nuit. L'été a pris ses marques. Il y a encore quelques hésitations – masque, pas masque ? S'embrasser ou juste se saluer du coude ou du pied, comme on a appris à le faire ? Mais elles ont tendance à disparaître. Jusqu'à quand ? Jusqu'à la prochaine vague. Ou jusqu'au prochain discours du ministre de la Santé, quand il instaurera un tour de vis supplémentaire. Ou jusqu'au prochain virus, qui, échappé des terres sibériennes désolées, viendra décimer la planète. Je hausse les épaules – je ne serai plus là pour le voir. Je n'ai pas l'intention d'être centenaire. J'ai joué mon rôle sur terre. Je n'appelle pas la maladie de mes vœux, mais si elle survient, je ne me battrai pas.

Je me suis installée sur cette terrasse pour laquelle j'ai bataillé mais dont j'ai si peu profité, lorsque j'étais propriétaire de l'établissement. J'ai commandé un Martini blanc, en attendant que Chloé me rejoigne. Ou que Fabrice vienne me tenir compagnie. Je sais déjà que j'en commanderai un deuxième. Ce soir, je n'ai pas de limites.

C'est étrange, cette terrasse vide – c'est comme une mini-fin du monde. Moi, j'aime surtout quand il y a du mouvement, des éclats de voix, des reparties qui fusent. Souvent, je m'absorbe dans la conversation des autres. C'était mon atout et ma faiblesse, lorsque je tenais l'Atlantic. J'étais proche des lycéens qui peuplaient cet endroit. Je les trouvais maladroits et attachants. Je jouais le rôle de la grande sœur. Je me mêlais de ce qui ne me regardait pas. Je me dissolvais dans leurs existences sucrées – jusqu'à ce que Michel débarque.

J'ai lâché le nom. J'ai lâché les chiens. Je bois rapidement une gorgée de Martini. Michel, c'est un prénom qui appartient, comme cet apéritif, à des temps révolus. Quand les bars étaient enfumés et quand j'ouvrais parfois en grand les fenêtres pour aérer tellement ça puait. Les cendriers débordaient de mégots. On parlait de l'arrivée de la gauche au pouvoir. C'était une période grisante. Michel m'avait abordée sur le marché central – il distribuait des tracts pour le parti socialiste, et je l'avais écouté sortir tous ses boniments avant de lui répondre qu'étant propriétaire d'un bar et fondamentalement capitaliste dans l'âme, je ne pouvais décemment pas prendre son dépliant.

– Un bar ? Lequel ?

Il se trouve qu'il était déjà venu une paire de fois à l'Atlantic, avec un de ses collègues. J'ai pris congé en souriant mais il m'a rattrapée quelques mètres plus loin. La section locale cherchait un lieu de réunion pas trop éloigné du centre-ville et où l'on puisse boire un verre, est-ce que j'accepterais de leur réserver la salle un soir par semaine ? Ils paieraient évidemment les consommations et nettoieraient tout avant de partir.

L'Atlantic fermait à vingt heures. J'avais essayé à un moment d'ouvrir jusque tard dans la nuit, mais l'établissement était trop excentré. Les noctambules étaient attirés par des lieux plus centraux où ils pouvaient picoler à leur aise – comme le Tricasse, le Montabert, ou le Tom's, qui ne s'appelait pas encore le Tom's, donc, puisque le Tom's, c'est moi qui l'ai nommé ainsi.

J'ai accepté la proposition. Ils sont venus. Que des hommes. Je me suis réfugiée derrière le bar. J'avais l'impression d'être un second rôle dans un film de Claude Sautet, chaque mercredi soir, cet automne et cet hiver-là.

J'écoutais leurs diatribes, leurs arguments, leurs prises de bec. J'étais attentive. Je m'apercevais avec un brin d'étonnement qu'en fait, j'étais en accord avec de nombreuses propositions – l'abolition de la peine de mort, les droits des travailleurs, même si l'idée de renationalisation des entreprises m'effrayait et que je ne parvenais pas à me sortir de la tête la crainte que les chars russes débarquent à Paris. Michel quittait régulièrement la table pour prendre les commandes, pour s'assurer que je ne m'ennuyais pas et pour me demander comment lui et ses camarades pouvaient me remercier. Je me contentais de leur répondre de m'envoyer leurs enfants pour augmenter mon chiffre d'affaires. Un jour, il a voulu savoir ce que j'en pensais, de toutes ces palabres. J'ai répliqué que c'était enrichissant, d'assister à leurs joutes. J'ai avoué que, pour les sujets de société, je partageais souvent leur avis. Il a opiné du chef. Alors j'ai ajouté : « Mais quand même... » et son sourire a éclairé son visage. Il avait un vrai sourire, Michel. Grand. Radieux. Un qui donnait confiance.

– Mais quand même quoi ?

– Vous êtes au complet, là ? Je veux dire, tous les membres de la section locale sont ici ?

– Oui, à part Jacques, parce qu'il travaille à Paris. Pourquoi ?

– Et il n'y a rien qui vous choque ?

Il s'est mis en retrait. Il a écouté ses amis ferrailler. Il a froncé les sourcils. Non, décidément, il était aveugle.

– Il manque la moitié de l'humanité, Michel.

– Pardon ?

– Les femmes. Je suppose que vous ne les imaginez que secrétaires ou coiffeuses, ou comptables. Journalistes à la limite, mais pour les magazines de mode.

– Mais non ! Nous avons même du respect pour celles qui sont de l'autre côté. Simone Veil, par exemple !

– Vous n'avez pas de Simone Veil ici. Rien que des mecs. Qui boivent des coups en prétendant changer le monde. Le stéréotype des bistrots, quoi. J'espère que votre progéniture fera évoluer les choses. Pour vous tous, c'est trop tard. Vous êtes trop contents de rentrer chez vous, dans une maison rangée, avec les enfants couchés, les repas de demain prêts dans des tupperwares. Et en plus, je suis sûre que la plupart de vos épouses travaillent, parce que c'est important, hein, l'égalité des sexes et surtout le salaire qu'elles rapportent, mais...

– Je ne suis pas marié, Jocelyne. Je ne vis avec personne. Un vrai vieux garçon.

– Vous n'êtes pas vieux.

– Trente-huit ans quand même. Dix de plus que vous, non ? Par ailleurs, vous avez totalement raison. Mais comment est-ce que nous pourrions amener plus de femmes vers la politique ?

– En imposant la parité.

– Pardon ?

– Une femme, un homme – sur toutes les listes électorales. Obligation d'avoir au moins 50 % de femmes au Parlement. Ce n'est qu'un exemple parmi d'autres.

Il est resté là, immobile, quelques secondes. Ses yeux étaient devenus des fentes. Il continuait à sourire. Il n'était pas d'une beauté fracassante. C'était quelque chose de différent – de presque aérien. Il a ensuite émis une sorte de sifflement, puis a penché la tête sur le côté.

– Alors vous, vous êtes vraiment une radicale !

– Liberté, égalité, fraternité. Vous avez remarqué ? La femme n'est toujours pas libre de ses mouvements, elle n'a pas accès à l'égalité et elle est carrément exclue du mot fraternité, parce que fraternité, c'est entre frères, entre mecs, entre couilles, quoi. Croyez-moi. Il n'y a que dans des pays capitalistes que les femmes gagneront le combat. On n'a jamais vu une femme à la tête de l'URSS.

– Ni des États-Unis.

– Ni de la France. Le seul exemple qui vienne en tête, désolée, c'est Thatcher.

Son visage s'est crispé en une grimace de dégoût. J'ai répliqué :

– Oui, ça fait mal, hein ? Vous devriez retourner auprès de vos amis. Ils s'impatientent et ils ont des affaires urgentes et importantes à régler. D'ailleurs, il va bientôt falloir lever le camp parce que vous comme moi, nous sommes au boulot demain.

– Vous tenez l'établissement seule ?

– Et j'en suis fière.

– Vous n'avez jamais peur ?

– De qui ? Des poivrots ? Des dragueurs invétérés ?

– Jocelyne, est-ce que... Non, c'est ridicule.

– Si c'est pour me demander si vous pouvez m'emmener boire un verre quelque part ailleurs, oui, c'est idiot. Je ne fréquente pas la concurrence.

Surtout pas les bars tenus par les Lebrun. Des voyous de la pire espèce.

Il est resté là, indécis, et je lui ai tapoté l'épaule droite, dans un geste quasi maternel.

– En revanche, si vous voulez m'inviter chez vous…

J'ai vu la lueur de panique dans ses yeux et j'ai entraperçu l'appartement en désordre, les draps sales, l'aspirateur dans un coin, les cendriers remplis et la fenêtre jamais ouverte. Je n'ai pas soupçonné une autre présence féminine attendant patiemment le retour du héros. J'avais confiance en ce qu'il m'avait confié. Un loup solitaire. Je ne sais pas tellement comment on leur résiste, à ceux-là.

– … ou si vous voulez une tisane chez moi.

Voilà. C'est comme ça que tout s'est enchaîné. Michel et moi, nous ne repartions pas ensemble, afin que les autres ne se doutent de rien, nous ne voulions pas d'allusions graveleuses ou de blagues en dessous de la ceinture – j'en entendais déjà toute la journée. Je baissais le rideau, fermais la porte et faisais mine de rentrer chez moi. Il me rejoignait en haut de la rue Édouard-Vaillant.

J'ai délaissé mes lycéens. De toute façon, je n'existais qu'à la périphérie de leur existence. Il était temps que je construise la mienne. Ou disons que je la fasse dévier du chemin que j'avais emprunté. Je clamais mon indépendance. J'avais adopté le combat des femmes, mais je votais pour des candidats conservateurs – je n'étais pas à une contradiction près. J'avais pris la pilule, puis suivi les conseils de mon médecin qui me sommait de faire attention, parce que pilule et tabac, c'était cancer assuré dans les dix années à venir. Tout cela était très chaotique. Et puis je suis tombée enceinte. Du jour au lendemain, plus une goutte d'alcool.

Je prends une gorgée de mon Martini. Je ne me laisserai pas déborder cette fois. J'irai jusqu'au bout de mon histoire. Le soleil est en train de se coucher sur l'été 2021. De part et d'autre de la ville, on entend quelques braillements, des groupes qui arpentent les rues piétonnes et veulent faire savoir aux habitants qu'ils sont en vie et qu'ils les emmerdent. Ils vont bientôt disparaître, eux aussi, attirés par les nouveaux quartiers périphériques, ceux où se trouvent le cinéma Multiplex et son lot de chaînes de restaurants, le bowling au ton délicieusement rétro, les parcs – plus loin.

Thomas.

C'est le nom que je lui ai donné, mais il m'est intime. Il n'a été déclaré nulle part. Il a vraiment existé et il n'a jamais vraiment existé. C'est comme ça, parfois, la vie.

Je suis tombée enceinte alors que Michel et moi étions amants depuis six mois – oui, je sais, cela fait sourire, ces expression vieillottes, « amants », « maîtresses », « liaisons », mais ce qui se passait entre nous était plus important qu'une simple coucherie. C'est ce qu'il me plaisait de croire en tout cas et j'en suis encore persuadée. Une union libre et heureuse.

Je suis sûre que, de son côté, il nous voyait comme un couple à la Sartre et Beauvoir, alors que nous avions peu de choses à voir avec eux, à commencer par mes opinions politiques, qui s'ancraient dans les notions d'individualisme et de propriété privée. Moi, je n'avais aucune référence. Je vivais le moment présent. Ça a sans doute été la seule et unique fois de ma vie où je n'ai pas cherché à contrôler ce qui arrivait, mais où je me suis contentée de jouir. Il venait chez moi après le travail ou il me rejoignait au bar. Certains ont même pensé à un moment que j'avais embauché un serveur.

Il travaillait à la SNCF. Il tentait, avec d'autres, de sauver le réseau de trains de marchandises, qui battait de l'aile. Partout, les camions régnaient, traversaient les villages, polluaient à qui mieux mieux, provoquaient des accidents, mais personne n'y trouvait à redire – le porte-à-porte, c'était quand même ce qu'il y avait de plus pratique. Il militait et il croyait dur comme fer qu'un nouveau gouvernement pourrait changer la tendance. J'étais partagée entre l'envie de rire et celle de m'apitoyer.

Il n'était pas marié et ne souhaitait pas l'être. La relation de ses parents avait été tumultueuse – ce qui, à l'époque, signifiait que le mari abusait de sa femme et la traitait de tous les noms, n'hésitant pas à l'humilier devant les invités. Ils avaient fini par divorcer alors que Michel était encore adolescent. Il en avait été soulagé mais s'était promis de ne pas refaire la même erreur. Chaque être humain doit rester libre de sa destinée. Je me moquais de lui en répliquant que ce n'était guère socialo-communiste, cette foi en la réussite personnelle et cette haine de la communauté. Nous nous entendions bien. Nous aurions pu faire un beau couple.

Il a été très bien, Michel. Il ne souhaitait pas être père, mais il a prononcé toutes les phrases qui convenaient, depuis le « Je serai là quelle que soit la décision que tu prends » jusqu'à « Il n'y a pas de problèmes, seulement des solutions ». J'ai hésité – les délais étaient très courts. J'ai finalement décidé de le garder. Michel a débouché une bouteille de champagne. Je lui ai fait promettre de n'en parler à personne tant que nous pourrions le cacher. J'imaginais le visage de certains se décomposer en associant mes traits et les siens – nous n'allions tellement pas ensemble. Michel, on en était sûr, allait grimper les échelons à la SNCF et devenir un dirigeant, d'autant qu'il aurait le vent politique dans le dos, avec son passé de militant de la première heure. Je m'amusais de ses nouvelles timidités – il n'osait plus me pénétrer, il avait peur de heurter, de choquer, de provoquer des saignements. Il s'était documenté. Il avait entendu parler du *placenta prævia*. Je levais les yeux au ciel et je continuais de m'activer au bar et de continuer l'existence telle que je l'entendais, avec peut-être un peu moins de cigarettes, plus aucune goutte d'alcool et des envies régulières de me précipiter aux toilettes. Pendant quelque temps, la vie bouillonnait.

Et puis un jour, la vie n'a plus bouillonné.

Je n'ai pas envie de rentrer dans les détails. Des années durant, j'ai été la proie des cauchemars, nocturnes ou diurnes. Parfois, ils me prenaient au milieu d'une journée ordinaire, je servais un client, je me retournais et là, d'un seul coup, s'étendait un espace obscur d'où émergeait un embryon sanguinolent. Honnêtement, je ne sais pas comment j'ai tenu le coup, par moments. Surtout quand les crampes d'estomac s'en mêlaient. Je racontais que j'avais mangé quelque chose que je ne digérais pas bien.

Je n'ai jamais digéré. Vous vous en doutez bien.

Au sixième mois, je me suis réveillée terrorisée. Je ne sentais plus rien. Michel était déjà parti au travail. J'ai parlé à mon ventre. Non. Là, c'est le point limite. Je ne veux pas revenir là-dessus. Sur mes mots. Sur mes supplications. Alors qu'elles ne servaient plus à rien. Je suis allée directement aux urgences. La personne de l'accueil arborait une mine revêche mais quand j'ai expliqué de quoi il retournait, elle a brusquement changé de comportement. Je suis devenue une priorité – elle était passée par là elle aussi, elle m'assurait que les impressions étaient souvent trompeuses, la preuve : sa fille maintenant était en pleine forme, elle allait me trouver un gynéco fissa.

Il n'y a pas eu de miracle. Il n'y a eu que de la douleur. On m'a indiqué que le fœtus était de sexe masculin mais on ne m'a pas demandé si je voulais le voir. À l'époque, on dissimulait. On pensait que c'était mieux ainsi. De toute façon, j'aurais refusé net. Il était hors de question que je fasse mon deuil, comme on dit aujourd'hui. Il a fallu me garder à l'hôpital parce qu'en plus il y a eu des complications – à un moment donné, j'ai entendu une infirmière dire d'une voix altérée : « On est en train de la perdre » et j'ai compris qu'il ne s'agissait pas de l'enfant. J'étais partie pour l'accompagner. Ils m'ont sauvée. En contrepartie, me reproduire allait se révéler extrêmement compliqué. Pas besoin de dessin. Je resterais une non-mère.

J'ai tout bazardé. J'ai fermé l'Atlantic. Je n'aurais plus supporté de me coltiner les chagrins d'amour et les enthousiasmes des enfants des autres. Je n'ai pas voulu accepter la douleur de Michel non plus. C'était sans doute injuste, mais je m'octroyais le droit de l'être. Même aujourd'hui, je crois encore que les hommes souffrent moins que les femmes, dans ces circonstances-là. D'abord parce que leur chair n'est pas meurtrie, et que c'est ce que nous sommes et restons, au fond, des os et de la peau. J'ai rayé Michel de mes fréquentations – de même que tous les amis ou connaissances que j'avais en ville.

J'ai pensé aux gens que j'aimais ou que j'avais aimés. À ceux qui m'avaient émue ou touchée. À ceux que je pouvais encore aider, peut-être. Certaines nuits, le train de mes pensées ne s'arrêtait pas. Un jour, je me suis relevée. Je ne comprends toujours pas pourquoi. J'ai pris ma voiture, j'ai conduit des heures pour rejoindre la côte atlantique. L'océan était déchaîné.

J'ai loué une maison pendant deux mois près de la plage. La station balnéaire était déserte. L'agent immobilier m'a prévenue que, pour tout ce qui concernait les courses ou les services, comme les médecins ou la poste, il faudrait se rendre dans le bourg à dix kilomètres de là. J'ai acquiescé. Il a hésité un instant puis a ajouté que c'était rare, certes, de louer hors saison, mais que ce n'était pas totalement inédit. Une rupture à oublier. L'annonce d'une maladie. Un deuil à encaisser. Un roman à écrire. Je le laissais discourir – j'imaginais qu'il voulait me rassurer, me ramener dans une sorte de communauté de la douleur où nous aurions tous notre place et d'où nous sortirions, au bout de quelques semaines, raffermis et ragaillardis, en pleine forme pour affronter la course effrénée de l'existence, celle qui mène tout droit au trou. Il m'a tendu les clés de la petite maison aux volets bleus, sise rue des Comètes.

La première semaine, j'ai l'impression d'avoir dormi. La deuxième pareil. Ensuite, j'ai été entourée d'un gris comateux qui ne reflétait pas que le temps qui régnait sur l'océan. J'ai pris la voiture et je suis allée dans les magasins, en choisissant consciencieusement les heures les plus creuses. J'ai acheté des cahiers à gros carreaux. J'ai effectué des comptes. J'ai joué une journée ou deux avec la possibilité de devenir une de ces routardes qui étaient désormais passées de mode, mais dont certains spécimens continuaient de traverser le globe sac au dos, assoiffées de contacts avec des populations autochtones mi-amusées, mi-agacées. Mais non. Je n'étais pas de cette trempe-là. Je l'ai regretté parfois. J'aurais aimé être comme José, au fond, et plonger dans l'aventure. J'ai envisagé de changer de métier aussi – mais je n'avais guère d'expérience dans d'autres domaines et peu me tentaient. J'étais probablement née pour être propriétaire de bar. Seule, tenant la dragée haute aux clients avinés, toute gouaille dehors – sans peur et sans reproche. Une femme de tête, comme on dit. Haute en couleur.

Au bout d'un mois et demi, j'en ai eu assez de l'océan, qui avait retrouvé toutes ses couleurs et sur lequel le soleil scintillait. Je savais que j'y reviendrais de toute façon. C'est là que se trouvait Thomas, pour moi. C'est là que je l'avais mentalement enterré. Nous avions décidé de l'appeler Thomas, si c'était un garçon. Cécile, pour une fille. Comme tous les parents, nous avions passé des heures à hésiter sur les prénoms, à dresser des listes que nous barrions au fur et à mesure. Très tard, une nuit, il ne restait plus que Thomas et Cécile. Nous nous étions regardés, Michel et moi. Thomas ou Cécile. Vendu. Michel avait ri – les seules références qui lui venaient à l'esprit étaient religieuses. Sainte Cécile, la patronne des musiciens. Et saint Thomas l'Incrédule, qui ne croit que ce qu'il voit.

Je ne crois que ce que je vois.

Je ne l'ai pas vu.

Non. Inutile de me prendre en pitié. Je suis une vieille femme. Je fais front. Aujourd'hui comme hier.

La vie a repris son cours. Lorsque Michel a poussé la porte de l'Atlantic, j'ai été très claire. Aucun retour en arrière n'était envisageable. Il n'a pas insisté. Des années incolores ont défilé. Les adolescents ont remis des couleurs dans mon quotidien. Je me suis à nouveau perdue dans leurs histoires. Après avoir joué le rôle de leur grande sœur, je suis devenue une figure maternelle. Et puis, petit à petit, le bar a perdu de son attrait. Ils cherchaient d'autres lieux. Loin de leur lycée. Loin du quartier. Ils se sont délocalisés. Le déclin a été aussi rapide que soudain.

J'ai vendu l'Atlantic. J'ai eu de la chance – il m'en fallait bien un peu. Les propriétaires de la banque d'à côté avaient l'intention d'agrandir leur agence. Ils ont offert un très bon prix – deux fois plus que ce que je pensais en tirer. J'ai aussi vendu la parcelle de terrain que ma grand-mère m'avait fait promettre de transmettre à mes héritiers coûte que coûte. Cela tombait relativement bien : je n'en aurais pas.

Je connaissais Franck Palancher depuis une trentaine d'années. C'était un voisin de ma mère. Souvent, il m'appelait encore « la gamine », alors que j'avais presque 60 ans. Quand j'ai appris qu'il allait fermer boutique, je me suis plantée devant lui et je lui ai annoncé que j'étais prête à reprendre l'affaire. Il en a presque perdu la cigarette qu'il avait toujours pendue au bec. Il m'a prise à part dans ce qui était encore le débarras, là où s'installe Chloé le matin. Il était sérieux comme un pape – je ne l'avais jamais vu comme ça, lui qui était réputé pour être un gars plutôt jovial. J'ai mis quelques minutes avant de me rendre compte qu'il était en train de m'engueuler – et de me dissuader. Bien sûr qu'il savait que j'avais de l'expérience dans la gestion de bar, mais attention, là, on n'était pas dans la même clientèle – fini les jeunes gens désargentés mais respectueux qui venaient en bande et dont vous finissiez par connaître toute la vie. Là, on était dans du brutal. Du qui commande un petit blanc sec ou une bière dès sept heures du matin et qui écluse en continu jusqu'à huit, avant d'aller pointer ou de se défouler en donnant des coups de pied dans les SDF en les traitant de fainéants. Du qui siffle en voyant entrer les filles, qui battent immédiatement en retraite ou tiennent la dragée haute. Du qui donne rendez-vous pour du trafic, des trucs plus ou moins tombés du camion, de la combine minable avec, de temps à autre, intervention des forces de l'ordre. Et puis il y avait aussi les cigarettes, les joueurs de Loto qui essaient de te prouver par A plus B qu'ils ont gagné et qui gueulent contre la machine qui leur refuse leur gain alors qu'ils ne savent simplement pas lire les chiffres, ou qu'ils ont trop envie d'y croire. Faut de la patience. De la force. Une main de fer. Remarque, tu pourrais embaucher Tony, il a l'habitude.

Tony.

En fait, il se prénommait Antoine. Avec les années de salles de sport, il s'était taillé une carrure d'athlète. Personne ne cherchait de noises à Tony. Tout le monde ignorait que sa passion, c'était de photographier les oiseaux. Le dimanche, on l'imaginait prendre sa bécane et rejoindre des potes du même tonneau, alors qu'il montait dans sa Twingo et filait droit vers les forêts où on avait encore le droit de se promener sans se ramasser une volée de plomb dans le cul, et il passait des heures à observer, l'appareil en bandoulière, prêt à dégainer. Il m'a parlé de ses piafs. Je l'ai embauché de suite.

Peu à peu, la clientèle de l'établissement s'est modifiée. Une femme à la tête d'un bar, cela provoque des remous. Les petits trafiquants n'aiment pas tellement – quand ils me jetaient un coup d'œil, ils pensaient immédiatement à leur mère ou à leurs sœurs. Ils ont changé de crémerie. D'autres sont venus – des connaissances, des touristes – que Franck n'avait pas réussi à attirer. Un été, Tony a souhaité refaire la décoration intérieure avec quelques copains à lui. Ce n'était pas complètement à mon goût, mais c'était nettement mieux qu'avant. Nous nous sommes embourgeoisés. Et puis Tony est tombé amoureux de la vice-présidente de la Ligue de protection des oiseaux. Il avait plus de 40 ans. Elle enseignait les sciences de la vie et de la terre. Elle avait demandé une mutation pour se rapprocher de ses parents qui vieillissaient. Elle l'a obtenue. Ils ont vécu un an séparément, ne se voyant que pendant les quelques jours de vacances qu'ils avaient en commun. C'est moi qui ai poussé Tony à quitter la région. Je l'ai assuré que le bar tournerait très bien sans lui, maintenant que nous en avions changé l'image de marque. Je lui ai aussi promis d'aller leur rendre visite de temps à autre, à Vendôme. Je m'en suis bien gardée. Ils avaient mieux à faire. Il m'a écrit pour la naissance du premier, puis de la deuxième.

J'ai tenu encore trois ans, et puis, un soir, alors que je fermais, j'ai senti tout le poids de mon histoire sur mes épaules – c'est bizarre, non ? Une minute, tu es pleine d'énergie et tu formes des projets, et celle d'après, tu t'assieds sur le tabouret, tu hoches la tête, et tu te dis *voilà, c'est fini*.

J'avais accumulé assez d'argent pour garder ma maison ici tout en m'offrant un petit appartement au bord de l'Atlantique. Je ferais semblant de croire que Thomas ne pouvait pas venir me voir parce qu'il bourlinguait sur toutes les mers et qu'il allait à la rencontre des autres, le visage ouvert et les yeux rieurs. Un pied dans ma fiction, l'autre ici, dans cette réalité qui a été la mienne toute ma vie, à regarder évoluer ce bar qui ne remplacera jamais dans mon cœur l'Atlantic mais que je suis heureuse de voir encore debout malgré les catastrophes planétaires de ces deux dernières années. Ce dont je suis fière, surtout, c'est d'avoir trouvé le successeur idéal. Un gentil. Un discret. Un loyal. Un que j'ai vu grandir toutes ces années. Un qui me saluait chaque fois que je le croisais et qui échangeait quelques mots avec moi, comme ça, pour rien, en souvenir des après-midi qu'il avait passés à l'Atlantic, à me raconter ses échecs amoureux. Un qui cherchait sa place dans la ville sans la trouver. Je suis chanceuse, au fond. J'ai deux fils. Un qui court le monde, réel ou imaginaire, et un autre qui n'est pas de moi mais qui poursuivra mon œuvre. Ce n'est pas donné à tout le monde.

Je sens la main de Fabrice qui serre la mienne. Ils se sont approchés tout à l'heure, José et lui, et se sont assis en silence à ma table. C'est à eux que j'ai raconté mon histoire. Ils n'ont pas bougé d'un pouce. Ce sont mes cerbères. Ils montent la garde. Soudain, Fabrice s'agite à mon côté. *Ah, tiens, regardez qui arrive ! Venez, Chloé, j'étais en train de bavasser ! Aucun intérêt. Des trucs de vieille. Mais ne restons pas dehors. Le vent s'est levé et les bourrasques sont désagréables. Allons à l'intérieur et offrez-moi une tournée, nom de nom ! Nous avons tant de choses à fêter. Non, José, tu ne rentres pas chez toi. Tu es obligé de rester. Tu fais partie intégrante de l'histoire, à présent. On prend la table du fond, Chloé ? Elle vous attend depuis ce matin. Elle ne peut plus se passer de vous.*

Chloé

– Je vous préviens, je ne suis pas très à l'aise avec le concept de conseil de famille. Ni avec le concept de famille tout court. Tous ces gens qui nous répètent à longueur de journée que les amis sont la famille qu'on s'est choisie, ça me donne la nausée.

C'est vrai, quoi. Ils sont là, tous les trois, assis, la mère et ses deux faux fils. Un de ces tableaux imposants du XIXe siècle qui trônent à Orsay. J'ai longtemps hésité à revenir au Tom's, ce soir. À ressortir du cocon qui a été le mien durant ces derniers dix-huit mois. Mais j'avais promis à Jocelyne – et j'avais envie de voir Fabrice de nuit. Il y a tellement longtemps que je n'ai pas suscité l'ombre d'un désir et que je n'ai pas ressenti quoi que ce soit en croisant un homme que j'étais curieuse de voir comment les choses évolueraient.

En face, ils ne réagissent pas. José a mis un fond musical très doux, je crois reconnaître Suzanne

Vega, une chanteuse anglaise que ma mère écoutait quand j'étais petite, mais je n'en donnerais pas ma main à couper. C'est Jocelyne qui choisit de répondre et sa voix rocailleuse résonne dans la salle vide.

– Nous ne sommes pas amis, à ce que je sache.

Je ne peux pas m'empêcher de sourire et de lever le pouce gauche.

– D'ailleurs, enchaîne-t-elle en désignant José, si celui-là était mon fils, il serait sur le point de devenir prodigue. José va nous quitter pour vadrouiller de par le monde. Premier arrêt ?

– L'Écosse.

– Un endroit où il fait froid, où il pleut quand il ne neige pas, et où tu peux marcher des heures sans croiser âme qui vive. Vrai ou pas ?

– Techniquement, c'est possible. Mais je vais m'installer dans le sud des Highlands. Vers le loch Ness. J'ai des amis qui retapent une ferme.

– Mais enfin, il ne pousse rien en Écosse, à part de la bière !

– C'est ce que nous verrons quand vous viendrez me rendre visite, Jocelyne. Ça vous changera des stations balnéaires où on ne fait que contempler l'horizon en attendant que la mort vienne.

– J'aime bien l'Écosse.

Ils tournent tous leur visage vers moi.

– Enfin, je veux dire, j'y suis allée une fois et c'est un bon souvenir. Mais c'est parce que je suis plutôt une fille du froid.

– Et toi, Fabrice, tu te définirais comment ?

Une moue dubitative et un murmure : « Tempéré, j'imagine. » Je me retiens de répondre que c'est exactement ce que je cherche désormais. Du tempéré. Les saisons telles qu'elles existaient quand j'étais encore petite, même si ma mère prétend que tout était déjà déréglé depuis longtemps. Une averse. Des éclaircies. Des nuages qui moutonnent. Dans ce paysage-là, oui, je pourrais trouver ma place.

– Tu es revenue quand exactement ?

J'écarquille légèrement les yeux : c'est la première fois que José s'adresse à moi sans agressivité, et sa voix est profonde et douce.

– Juste avant le premier confinement. Dans la rue, à Vantaa, les conversations tournaient toutes autour du même sujet. Wuhan. Et l'Italie surtout. Des voyageurs qui revenaient de Lombardie avaient contracté la maladie et étaient mis à l'isolement. On commençait à évoquer des mesures d'urgence exceptionnelles, sanitaires et économiques. On craignait un krach mondial. La fermeture totale des écoles, des lieux publics, des frontières. La même chose qu'ici, non ? J'entendais tout cela – mais j'étais ailleurs. Dans une errance intérieure. Je me comportais comme une automate au salon de thé, et cela choquait parfois les clients. Il y en avait de moins en moins, de toute façon. Les gens commençaient à se replier chez eux.

Au départ, j'avais envisagé un tour du monde – un nouveau déracinement, des boulots temporaires et surtout aucun attachement sentimental. Un peu comme José, aujourd'hui. Mais du jour au lendemain, la planète semblait s'être liguée contre moi. Les vidéos des Chinois dans leurs cages à lapins tournaient sur les réseaux, les Italiens allaient bientôt leur emboîter le pas, et ensuite sans doute le reste du monde, maintenant que les virus étaient mondialisés et que personne ne pouvait arrêter la progression de cette maladie, devenue épidémie, puis pandémie. Il était facile de prévoir ce que tout cela allait donner – des blocages interminables dans des endroits isolés, la peur et le rejet des nouveaux pestiférés, les grilles qu'on descend, les portes qu'on ferme à double tour. Seuls certains pays allaient échapper au tout-sécuritaire, mais on savait d'emblée qu'on aurait encore moins confiance en leurs gouvernements, parce qu'ils étaient dirigés par des illuminés qui niaient les évidences, hurlaient aux *fake news* ou proposaient des gélules et des tisanes qui nettoyaient l'organisme du sol au plafond.

Je n'ai pas fermé l'œil pendant quelques nuits – mais cela ne changeait pas grand-chose puisque mon sommeil était haché depuis presque un semestre – puis je me suis résignée à appeler ma mère. J'ai senti sa réticence, quand j'ai évoqué mon retour, mais je l'ai tout de suite rassurée : je n'avais pas l'intention de troubler son bonheur retrouvé auprès de son nouveau concubin, ni de venir l'importuner dans le Sud. Je souhaitais seulement réintégrer ce qui avait été, longtemps auparavant, mon foyer – le temps de voir où nous amenait cette situation sanitaire ubuesque ; le temps de me retourner également et de comprendre quel type d'existence j'avais envie de vivre. La voix de ma mère, soulagée, flûtée, dans le combiné – elle comprenait si bien, elle qui ne découvrait l'épanouissement conjugal (et sexuel, insistait-elle, tandis que je plissais les yeux comme si je venais de mordre dans un citron) que sur le tard. « Celui qui n'essaie pas ne se trompe qu'une seule fois, a dit je ne sais plus quel philosophe », a-t-elle ajouté doctement. J'ai évité de répliquer qu'elle était en train de citer Véronique Sanson. Mon arrivée impromptue l'arrangeait, d'ailleurs. Elle avait peur qu'avec la panique que la pandémie allait engendrer des inconnus se mettent à squatter des logements vacants. Au moins, on saurait la maison occupée. Il faudrait seulement penser à prévenir les voisins.

Ce n'est qu'en raccrochant que je me suis aperçue qu'elle ne m'avait à aucun moment demandé pourquoi je rentrais.

Je sens leurs yeux sur moi – ils me feraient presque venir le rouge aux joues. Cela fait longtemps que je n'ai plus été au centre de l'attention. Parce que dans le trio que je formais avec Annika et Ari, ce n'était pas moi l'attraction. Je ne saurais d'ailleurs pas dire exactement qui d'entre nous focalisait les regards. Annika, peut-être. Elle était tellement solaire. Je me corrige mentalement : elle « est » tellement solaire. Il n'y a aucune raison pour que sa joie de vivre ait disparu. Au contraire, sans doute. C'est juste qu'elle est devenue une de ces images sépia qui peuplent ma mémoire et qui s'affadissent, petit à petit. J'avais de très nombreuses photos d'Annika, Ari et moi et puis l'an dernier, alors que j'étais installée sur le perron, dans le silence d'une nuit d'avril, j'ai tout effacé. Consciencieusement. Méticuleusement. Toutes les traces. Celles des autres. Puis les miennes. J'ai supprimé toutes les connexions aux réseaux sociaux. J'ai méthodiquement recherché les références à mon nom ou à mon parcours et j'ai essayé de les éradiquer. C'est une tâche inhumaine et presque vaine aujourd'hui. Je n'y suis parvenue que de façon très incomplète. Si on cherche bien, on me retrouve. Dans les archives d'un journal local finlandais. Sur des clichés pris dans le salon de thé.

Je ne suis pas certaine de pouvoir pointer du doigt le moment où nous sommes devenus une entité à trois têtes.

Ce dont je me souviens parfaitement, en revanche, c'est du moment où je les ai découverts tous les deux nus, dans le lit de l'appartement qui jouxtait le salon de thé et qui servait normalement aux rencontres d'Annika avec les couples dont elle accompagnait la grossesse. Paradoxalement, c'était moi la plus gênée et j'ai ressenti à ce moment-là, plus qu'à aucun autre, nos différences culturelles – eux avec leur nudité désinhibée, leur embarras, certes, mais sans trop de culpabilité au fond. Moi, et l'éducation que m'avait donnée mes parents – cette tendance à croire qu'on ne pouvait qu'échouer. Que la vie était un orage violent et que le but, avant tout, c'était d'essayer de trouver un abri ou de passer entre les gouttes. Et puis le rapport à mon corps. Ce corps que ma mère n'avait que rarement évoqué – les règles, expédiées en cinq minutes, le rapport sexuel vu seulement sous l'angle de la procréation ou des maladies vénériennes.

Je restais là, comme une gourde, debout, les bras ballants alors qu'eux-mêmes s'étiraient et tentaient d'apaiser le trouble en m'expliquant qu'en fait, ils avaient justement l'intention de m'en toucher deux mots. Mais est-ce que je ne voulais pas plutôt enlever mes vêtements et m'étendre à côté d'eux ? Annika me ferait un massage tandis qu'Ari me caresserait les cheveux.

Quelqu'un tousse.

Je réintègre brutalement la salle du bar. En face de moi, Jocelyne, très concentrée, cherche les phrases qui viendraient poser un onguent sur la plaie. À son côté, José, les yeux plissés, une ride profonde lui barrant le front, se demande quelle conduite il aurait adoptée à ma place. Je suis convaincue qu'il aurait été moins godiche. Il aurait probablement tenté l'aventure, comme moi, mais il se serait donné à fond. Il ne serait pas resté sur le bord, les pieds dans l'eau de la piscine – alors que c'est l'impression que j'ai pu donner, je m'en rends compte aujourd'hui.

Et puis Fabrice. C'est lui qui vient de s'étrangler avec la gorgée de gin qu'il a essayé d'ingurgiter pour avaler la pilule. Il s'excuse. Personne ne relève. Je poursuis. L'expression « boire la coupe jusqu'à la lie » me traverse l'esprit, mais il n'y a pas eu de coupe et il n'y a pas eu de lie. Ce fut beaucoup moins dramatique et aussi beaucoup plus compliqué.

Je les ai rejoints et nous sommes devenus un trio. Nous étions souvent cinq, d'ailleurs, parce que les enfants d'Annika vivaient avec nous la moitié du temps. Nous n'avons presque jamais abordé la situation, Annika et moi. Ce n'est pas faute d'avoir essayé, de sa part. Elle pensait que nous devrions verbaliser ce que nous ressentions afin de mettre à jour les blocages ou les joies, les frustrations et les vertiges. Elle avait déjà vécu ce type de relation à l'adolescence et elle s'y replongeait avec délice. C'était le mot exact, insistait-elle, parce que Ari et moi étions délicieux, comme les gâteaux que je préparais pour le salon de thé.

Six mois.

Un semestre entre deux eaux. La première fois, il faisait encore chaud mais on sentait que l'été allait bientôt plier bagage. Ari semblait me considérer différemment. Il m'a confié un jour qu'il me croyait incapable de vivre une telle expérience et qu'il avait été étonné de ma réponse, même s'il me trouvait toujours un peu sur la réserve.

– Mais c'est ta nature, avait-il ajouté, c'est ta nature profonde. Tu es une spectatrice qui se prête au jeu du monde de temps à autre mais qui se tient souvent à l'écart. Je suis sûr que tu ferais une excellente peintre ou dessinatrice – tu as le don d'observation. Sans avoir l'air d'y toucher, tu jettes des coups d'œil à tes clients, tu leur adresses quelques mots, et ils te confient leur histoire. C'est dommage, en revanche, que tu n'évoques jamais la tienne.

– C'est parce que je n'en ai pas, Ari. Je suis une fille sans histoire.

– Je n'en crois pas un mot. Et si malheureusement c'est le cas, alors elle commence avec nous, aujourd'hui.

Avec nous. J'avais remarqué cela, oui. Ari employait souvent le « nous » quand il se référait à Annika et lui. Il ne s'en rendait pas compte. Il rétablissait cette frontière confortable entre les deux autochtones et la touriste étrangère, sans se rappeler parfois que le « nous », jusqu'à il y a peu, c'était lui et moi. C'était dérangeant, bien sûr – mais je ne peux pas dire que je n'y ai pas trouvé mon compte. J'ai découvert des zones de plaisir que je ne soupçonnais pas. Les rougeurs sur le cou d'Ari quand nous nous enlacions, Annika et moi. Le respect que je gagnais à ses yeux.

Je me suis aperçue assez vite qu'en fait, si tout cela n'était pas arrivé, nous nous serions séparés rapidement, Ari et moi. Nous ne nous touchions presque plus. Il y avait eu de l'ardeur au début, mais ensuite, nos rapports s'étaient rapidement étiolés. Je crois que je ne le faisais pas assez briller. Dans ce pays où l'égalité entre les sexes est élevée au rang de dogme, Ari avait besoin de voir luire dans les pupilles de ses conquêtes une admiration effrénée. Pour son esprit d'entreprise. Pour la fulgurance de certaines de ses idées. Pour ce physique qu'il choyait à travers de longues courses dans la nature – mais je m'aperçois que je suis sotte, il y avait probablement moins de courses et plus d'ébats que je ne le pensais. Pour cette capacité à réparer tout du sol au plafond et à s'absorber dans la menuiserie comme dans la plomberie, avec le même sérieux que dans la finance et l'informatique. Le père d'Ari n'arrêtait pas de répéter que j'avais eu beaucoup de chance de tomber sur son fils et qu'il fallait que j'use de tous mes charmes pour le retenir, et la mère d'Ari lui assenait alors une tape sur le bras ou sur l'épaule et me prenait à part – elle n'était pas convaincue de cette fameuse fortune dont je serais la bénéficiaire : elle observait son fils depuis des années et il y avait une part de lui qu'elle ne parvenait pas à capter. Une dureté. Une obscurité. Bref. Ce qui ne signifiait pas, ajoutait-elle, que nous ne formions pas un joli couple. Elle adorait cette idée d'échanges interculturels. Je souriais. Je n'étais pas certaine que cela soit le fond de sa pensée.

Pendant ces quelques mois en apesanteur, j'ai bien détaillé la face sombre de celui que j'avais envisagé d'épouser. Annika aussi d'ailleurs. Il pouvait se montrer très distant presque d'une minute à l'autre, et l'on ne savait jamais exactement sur quel pied danser. Annika, elle, était plus lisible. Et franche. S'il y a une personne que je regrette de Vantaa, c'est elle. Nos fous rires. Nos extases aussi. Notre façon de nous liguer parfois contre le mâle qui niait être dominant mais n'hésitait pas à donner des ordres.

Nous savions tous les trois que ce n'était que temporaire, et c'est cette conscience de la précarité de notre situation qui rendait notre relation flamboyante – aux yeux des autres, en tout cas. Car nous ne nous sommes cachés de rien, à part des familles d'Annika et d'Ari, bien sûr – encore que je suis convaincue qu'ils l'auraient bien accepté. Après tout, nous étions dans ces dernières années où nous pouvions « tenter nos expériences » avant de basculer dans cette existence étrange des trentenaires, où l'on s'efforce d'oublier que l'on répète tous les jours les mêmes gestes et où le verbe « avoir » se mue peu à peu en ce qu'on s'était juré qu'il ne deviendrait jamais : un but. Voire une obsession.

C'était une sorte de somnambulisme. Le matin, Ari se réveillait tôt pour aller courir, quelle que soit la température. Je me levais peu après lui, déjeunais rapidement et me rendais au salon de thé. Je m'absorbais dans le travail de préparation – la pâtisserie requiert avant tout de l'organisation. Je compilais les recettes et variais les menus, auxquels j'ajoutais invariablement la tarte au citron meringuée que ma mère refusait systématiquement de m'acheter quand j'étais petite, parce que « c'est un gâteau riche pour les riches, laisse-les s'empoisonner avec », et le fondant au chocolat-crème anglaise auquel je savais qu'Annika ne résisterait pas. Je ne confectionnais pas de gâteaux pour Ari. Ari n'avait pas la dent sucrée. Ari avait plutôt la dent dure.

Annika passait dans la matinée, entre deux rendez-vous. Certains d'entre eux avaient lieu dans l'appartement de l'autre côté du salon de thé, qu'Ari et ses amis avaient soigneusement insonorisé. D'autres couples préféraient que les séances se déroulent chez eux. Elle les écoutait parler de leurs craintes, les rassurait, les aidait à imaginer la vie avec un enfant. Elle leur parlait même ouvertement de son statut de mère célibataire, des avantages qu'elle en retirait et des inconvénients auxquels elle avait à faire face. Étrangement, cela les rassurait : ainsi, la vie continuait. Le bébé n'allait pas nécessairement sonner la fin de leur jeunesse, même si c'est au fond ce qu'ils souhaitaient tous les deux. Elle massait le ventre des mères également, et dialoguait avec l'enfant à venir. Elle leur montrait comment ils pouvaient communiquer avec le bébé – comment celui-ci se déplaçait en suivant l'apposition des mains.

Voilà. On est restés dans cette bulle presque six mois. Et puis un soir, un peu après les fêtes de fin d'année, alors que nous avions prévu de nous plonger dans une de ces séries qu'on disait incontournables, Annika s'est sentie brutalement très fatiguée et nous a demandé de l'excuser. Elle avait eu une journée éreintante. Elle allait rentrer chez elle, exceptionnellement. Elle avait besoin d'être un peu seule.

Nous nous sommes retrouvés face à face, Ari et moi – et nous nous sommes peu à peu rendu compte du gouffre qui avait grandi entre nous. Un vrai Grand Canyon que nous survolions dans un hélicoptère silencieux tandis que nous rangions les reliefs du dîner, que nous avions à peine touché, en échangeant quelques onomatopées. Nous avons tenu deux heures, puis Ari m'a demandé – toujours très poli, Ari – si cela me dérangeait s'il allait boire une bière avec ses collègues de bureau. Cela faisait déjà plusieurs fois qu'il déclinait et il craignait que les invitations ne se raréfient. Il a plaisanté sur le fait que mes oreilles et celles d'Annika allaient certainement siffler puisqu'ils étaient tous intrigués par notre troisième voie, mais sa blague s'est étalée sur le carrelage de la cuisine. Je savais pertinemment qu'il allait se rendre chez Annika, essayer de comprendre cette soudaine volte-face. J'ai souri – j'avais confiance en elle. Elle ne répondrait pas à la sonnette. Elle resterait enfermée dans le noir. Elle avait encore moins besoin de lui seul que de nous deux. C'est vrai, je me souviens d'avoir pensé ça. Et puis j'ai entendu la clochette qui indiquait l'arrivée d'un SMS. Il était court. Il disait qu'elle était rentrée pour effectuer un test de grossesse. Elle était sûre maintenant d'être enceinte et elle ne savait pas quoi faire. Elle tenait à ce que je sois la première à être au courant. Avant Ari. C'était une délicate attention. J'ai répondu que toute décision lui appartenait en propre, qu'elle n'était pas tierce, ni duelle – et que quel que soit son choix, elle découvrirait tôt ou tard qu'il était le bon. Je noyais mon désarroi dans la langue de bois. Nouveau message. Le problème, ajoutait Annika, c'est que c'était du trio dont elle était amoureuse, et non du père uniquement.

J'ai pris une veste dans l'entrée et je me suis enfoncée dans la nuit. Je ne comprends toujours pas pourquoi j'ai absolument voulu rejoindre le DVV d'Helsinki – à trois heures de marche de là. Peut-être parce que c'est là que se prennent les tournants de vie dans ce pays, les mariages, les divorces, les déclarations de parentalité. Je suis passée par le quartier de Kinapori. Il y avait peu de monde sur les trottoirs. Les Finlandais restaient chez eux, ces derniers temps. Je filais droit devant moi, comme une automate. À un moment donné, je me suis trouvée devant une agence de voyages au rez-de-chaussée d'un grand bâtiment. J'ai longtemps contemplé les vitrines, et puis une femme est venue ouvrir la porte en souriant. Elle m'a confirmé que, vu l'heure, tout était fermé mais a indiqué que s'il y avait quelque chose, un dépliant ou une destination qui m'intéressait, alors elle pourrait faire une exception et me renseigner. J'ai remercié en balbutiant. J'ai murmuré que j'étais un peu perdue. Je ne me suis même pas aperçue que j'avais abandonné l'anglais et que j'employais ma langue maternelle.

– Française ?

J'ai acquiescé.

– Vous voulez rentrer chez vous ?

J'ai fondu en larmes et j'en ai été la première surprise. La femme en face de moi – Katarina, a-t-elle glissé – a été tellement décontenancée qu'elle m'a proposé un café. Elle s'attendait à tout sauf à ça. Elle était restée plus longtemps au bureau parce qu'elle avait des dossiers à régler et que personne ne l'attendait ce soir à la maison, mais voir débarquer à presque vingt-deux heures une Française au bord de l'implosion, c'était la dernière des choses qu'elle aurait pu envisager. Elle continuait à deviser en préparant le café et en souriant. Les gérantes des agences de voyages connaissent les surprises de la vie et maîtrisent les impromptus – les vacances paradisiaques qui tournent au cauchemar à cause d'un tsunami, les interventions chirurgicales et les découvertes de cancer qui remettent en cause tous les projets de la famille. Elle en a profité pour me donner quelques brochures sur des week-ends à Paris, au bord de l'Atlantique ou de la Méditerranée, et en Bretagne aussi, apparemment depuis quelques années, ses clients semblaient de plus en plus attirés par cette région, est-ce que je connaissais ? J'ai souri. J'ai répondu que j'y étais allée en vacances une fois, oui, quand j'étais petite, avec mes parents, mais que je n'en gardais aucun vrai souvenir. Les seules images qui me restaient étaient celles qui trônaient dans les albums familiaux : une petite fille en jogging rouge et bob jaune qui écarquille les yeux devant la mer ; la même sur un manège, chevauchant un cheval de bois dénommé Pégase. Mais, ai-je-bredouillé, je ne voulais pas la déranger avec mes histoires, elle devait me prendre pour une dingue et j'avais déjà assez abusé de sa gentillesse.

– Les gens qui pleurent ne sont pas dingues. Ce sont ceux qui ne versent pas de larmes qui finissent par se noyer dans les ports ou se passer la corde au cou. Revenez me voir quand vous aurez pris votre décision. Mais, en fait, vous avez déjà fait votre choix, non ?

C'est en murmurant ce « oui » que je me suis rendu compte du chemin que j'avais parcouru en quelques heures. Nous étions fin février. Je voulais rentrer. Avant de refermer la porte, Katarina m'a confié que, en d'autres temps, elle m'aurait probablement conseillé de réfléchir un peu et de peser le pour et le contre, mais là, c'était différent. La situation internationale était préoccupante, elle était convaincue que les frontières allaient rapidement fermer et que les déplacements seraient interdits pendant une longue période.

Comme je l'avais prévu, Ari n'est pas revenu à l'appartement. Je n'ai pas ouvert le salon de thé le lendemain matin. Je suis restée sur un des fauteuils à réfléchir et à calculer. Ce que j'avais à la banque ici. Les économies qu'il me restait en France. Ce compte épargne auquel je n'avais jamais touché. Combien de temps pouvais-je raisonnablement tenir sans travailler ? Au moins, je n'aurais pas de loyer à payer. La maison de ma mère était grande et vide. Il y avait un jardin. J'y serais au calme. D'une façon ou d'une autre, je m'en tirerais. D'une façon ou d'une autre, je me tirerais.

Alors, je me suis tirée.

Annika et Ari étaient bien trop accaparés par la grossesse pour prêter attention à mes humeurs. Ari était étrangement calme, et comme absent. Un sourire flottait constamment sur ses lèvres – la satisfaction ancestrale du mâle fier d'avoir procréé, sans doute. Annika, elle, semblait beaucoup plus préoccupée. Elle prétendait que c'était parce qu'elle ne savait pas comment annoncer la situation aux couples qu'elle suivait. Si le premier trimestre se déroulait sans anicroches, alors ce n'était pas un souci. Mais si elle commençait à avoir des nausées et à être constamment fatiguée, comme cela avait été le cas pour son fils aîné, elle ne pourrait plus être la doula de personne d'autre qu'elle-même. Elle avait des conversations longues et passionnées avec ses consœurs. De mon côté, je réglais les problèmes administratifs et je réunissais mes affaires. Je rangeais ma chambre.

Finalement, j'ai inventé une maladie à ma mère. J'ai prétendu que j'avais reçu un coup de fil angoissé. Des examens sanguins inquiétants. Il était fort possible que ce que les médecins avaient repéré soit cancéreux. J'ai brodé : ma mère était seule, et terrifiée. Je n'avais pas tellement le choix. Je ne pouvais pas la laisser aussi désemparée, d'autant qu'elle paniquait en entendant les informations sur le virus chinois qui s'attaquerait aux organismes les plus fragiles.

Annika et Ari ont compati. Ils ont beaucoup hoché la tête. Ils m'ont souvent prise dans leurs bras. Il fallait que je rejoigne la France, bien sûr, mais nous resterions en contact tous les jours, de toute façon. Nous nous skyperions ou nous nous whatsapperions tous les soirs. Je leur montrerais la maison de mon enfance, puisqu'en fait ils s'apercevaient qu'ils n'avaient jamais vu de photo. Et puis ils parleraient eux aussi à ma mère. Annika, surtout. Même malgré la barrière de la langue, elle était persuadée de trouver les mots, la tonalité ou les attitudes. Nous avons hésité, pour le bail du salon de thé – mais mieux valait sans doute le résilier. Nous trouverions bien une façon de le rouvrir dès que je rentrerais. Ari s'est montré très prévenant. Ari n'était pas dupe. Il se doutait que je ne reviendrais pas de sitôt.

Ils m'ont accompagnée à l'aéroport. Je n'y avais pas remis les pieds depuis mon arrivée ici. L'avion avait un peu de retard. Je leur ai demandé de ne pas rester, c'était trop cliché et cela ne nous ressemblait pas – et puis dès que ma mère irait mieux ou que je saurais qu'elle était bien entourée, je rappliquerais, c'était l'affaire d'un mois ou deux, maximum, d'ici là, le ventre d'Annika aurait grossi ou pas, mais de toute façon, tout irait bien. Personne n'était mort. Il n'y a que la mort qui est définitive et dramatique, non ?

Ils étaient interloqués. Ils ne m'avaient jamais entendue m'exprimer autant. Je bavassais. Je m'étais muée en l'une de ces spécialistes qui s'avancent sur scène dans les conférences internationales et qui devisent avec assurance, et un brin d'ironie, sur des sujets très sérieux comme le développement de l'intelligence artificielle ou le changement climatique. Je les ai embrassés tous les deux sur la bouche. Ils avaient la larme à l'œil, et j'étais contente d'être capable de produire cet effet-là. Je me suis éloignée, telle une héroïne de film, sans me retourner, en agitant les doigts de la main gauche, et je suis allée droit vers la salle d'embarquement.

Après, honnêtement, tout est devenu brouillard.

Je me rappelle avoir entendu le nom du vol dans les haut-parleurs. Un type en pull jaune m'a bousculée puis s'est excusé en expliquant que c'était vraiment idiot cette tendance qu'on avait tous à se précipiter vers le sas, comme s'il n'y allait pas avoir de place pour tout le monde. Ce même type s'est retrouvé assis de l'autre côté de la rangée où j'étais installée. Il m'a raconté qu'il s'appelait Yvan, alors qu'il n'était même pas breton. Il a ajouté qu'il avait tout de suite compris que j'étais française – sur un Helsinki-Paris, c'était une chance sur deux, non ? Je souriais dans le vague. J'aurais pu l'empêcher de continuer mais j'aimais bien l'écouter – lui, et la langue qu'il parlait et que je redécouvrais mienne. J'avais l'impression d'évoluer dans une piscine de mots et d'enchaîner les longueurs sans aucune fatigue, alors que depuis quelques années, c'était un aller-retour constant entre le finnois, le suédois, l'anglais, avec parfois, mais si rarement, une touche de français.

– Visite-éclair ou séjour prolongé ?

– Retour. Temporaire ou définitif, c'est à voir.

– De toute façon, on va tous bientôt rester coincés pendant des mois, au train où va le virus.

– Vous pensez ?

– Vous n'écoutez pas les informations ?

– Si, mais je n'arrive pas à y croire tout à fait.

– Normal, c'est inédit. Et tout le monde regarde le spectacle, incapable d'esquisser un geste. Il n'y a même pas de mouvements de panique. Notez bien que ça va quand même se produire à un moment donné. Quand les gouvernements vont décider de confiner la population, ça va être la ruée sur les supermarchés.

– C'est idiot, les frigos ne sont pas extensibles.

– Il y a des sous-sols entiers dédiés aux congélateurs, vous savez. Partout dans le monde. Et puis certaines personnes se préparent aux catastrophes sanitaires depuis des années. Ils sont prêts à en découdre. Armés jusqu'aux dents. Ils attendent l'apocalypse et pensent que la pandémie qui arrive est un signe de Dieu. Autant vous dire qu'on n'est pas sortis de l'auberge.

– Vous êtes quoi ? Journaliste ?

– Médecin. Épidémiologiste. Je sens qu'on va avoir besoin de moi chez nous alors j'y retourne.

– Et pourquoi étiez-vous en Finlande ?

– Programme international. Coopération.

– C'est bien. J'aimerais avoir une vie aussi palpitante que la vôtre.

– Qui vous dit qu'elle l'est ?

– En ce moment, en tout cas.

Il a lancé un éclat de rire bref. J'ai ajouté que je tenais un salon de thé à Vantaa, dans la banlieue d'Helsinki, mais que ma vie sentimentale s'était compliquée récemment, et que j'avais besoin de temps et de distance pour réfléchir. L'excuse traditionnelle. Apparemment, du temps, j'allais en avoir, donc.

– Je ne sais pas ce que vont décider les Finlandais. Les Suédois pencheraient plutôt pour l'immunité collective. Laisser le virus opérer une sélection naturelle. C'est très étonnant de la part de gens qui se targuent d'être parmi les plus progressistes de la planète. Vous avez le wifi, là où vous allez, j'espère ? Parce que nous allons passer les mois à venir rivés aux écrans.

Je l'ai souvent revu – sur ces fameux écrans. Il est intervenu régulièrement sur les chaînes d'information en continu. Il commentait des tableaux, des graphiques, il n'hésitait pas non plus à critiquer certaines mesures adoptées par le gouvernement – il insistait sur le port du masque et sur l'utilisation du gel hydroalcoolique. En remettant les pieds en France, j'ai brutalement basculé dans la science-fiction. Helsinki, soudain, m'a paru aussi lointaine que les confins du système solaire.

– Encore aujourd'hui, je me demande si je n'ai pas rêvé tout ça.

Je relève la tête et je les regarde, l'un après l'autre. Je murmure que je crois que je n'ai plus rien à ajouter. La suite, ils la connaissent, c'est la France. Ce sont les mois de confinement que nous avons traversés. C'est la ruée sur le papier toilette. Les applaudissements aux fenêtres tous les soirs à vingt heures. Les doutes et les remises en cause. Les envois de CV et de lettres de motivation, dont on sait pertinemment que personne ne les lira. Le potager qu'on entretient. Les cours de lâcher-prise et de relaxation sur des applications en plein essor. Les livres de la bibliothèque familiale qu'on écluse – les œuvres complètes d'Henri Troyat ou de Christine Arnothy, ces écrivains que plus personne ne lit. Les changements apportés à la décoration intérieure qui laissent ma mère dubitative, de l'autre côté de l'écran. Cette même mère dont l'unique obsession est de connaître enfin le fin mot de mon histoire finlandaise. Une séparation, c'est ça ? Pire, un avortement ? Je suis restée évasive. J'ai assuré qu'en tout cas, il n'y avait aucune catastrophe. C'était vrai, au fond. J'avais bloqué Ari et Annika sur le téléphone et les réseaux sociaux. Ils continuaient leur vie sans moi. C'était plus simple pour tout le monde.

L'important désormais, c'était de suivre mes propres désirs, et plus ceux des autres. De reprendre un semblant de contrôle. Ensuite ont déboulé la deuxième, puis la troisième vague, et j'ai cru que j'allais littéralement couler – alors même que les conditions étaient moins drastiques.

Je me promenais avec mes autorisations dûment remplies. Tous les matins, je quittais la maison de ma mère et je marchais jusqu'au centre-ville. J'avais terriblement envie de voir des gens. Même masqués. Même méfiants. Même agressifs. J'arpentais les rues, je me répétais qu'un jour tout cela s'arrêterait, et que ce jour-là, la première chose que je ferais, ce serait de venir boire un café ici, au Tom's. Je m'installerais à une table, au fond. J'enlèverais mon masque. Je sortirais mes crayons, mes craies, mes feutres. Je me gaverais de couleurs. C'est comme ça que je reprendrais contact avec le monde d'après. Ce monde d'après dans lequel je ne voulais pas revivre la vie d'avant.

Ce que j'espérais ?

Aucune idée.

Peut-être me retrouver avec trois presque inconnus, au beau milieu de la nuit, à chasser les démons en bâtissant des châteaux en Espagne.

Fabrice se racle la gorge et penche légèrement la tête sur le côté.

– Tu nous montres tes dessins ?

Et nous sourions tous les deux, puis tous les quatre.

Épilogue

6h00

Jocelyne

Je leur ai dit que je m'occuperais de la fermeture. Quand on est vieux, on n'a pas sommeil, même quand on a passé la nuit entière à écouter des histoires. À former une sorte de cohorte nocturne avec des gens qui ont des décennies de moins que nous et qui, eux, au petit matin, s'écroulent de fatigue. Chloé les a invités à venir se reposer dans la maison de sa mère. Ils vont traverser la ville à pied. Aujourd'hui, le bar restera fermé. Je les rejoindrai ce soir. José a promis de nous préparer à dîner.

J'ai bientôt 71 ans, et j'ai rarement ressenti une telle plénitude. Je viens de rendre officiellement les clés. Je me décharge. Ces trentenaires ne sont ni mes amis, ni ma famille – mais ils sont ceux qui m'accompagneront jusqu'au bout. Chloé va seconder Fabrice, qui embauchera ce jeune homme, Ahmed, que José lui a recommandé. Ils formeront une nouvelle équipe. Bientôt, on jurera que le Tom's a pignon sur rue depuis des lustres. La preuve ? Ce nom désuet, qui sent bon les années cinquante ou soixante. Les cocktails sucrés. Les airs de jazz.

Je vais rester encore quelques semaines sans doute, et puis je prendrai le train vers l'océan. Il y aura foule et je me saoulerai de visages démasqués et de sourires retrouvés. Le soir, j'effectuerai ma promenade traditionnelle le long du front de mer. Ils viendront probablement en août, pendant cette quinzaine où la ville désertée s'endort. Même José ne résistera pas à mon invitation. C'est de là qu'il nous quittera, la déchirure sera plus nette et moins douloureuse. Nous l'accompagnerons à la gare et il promettra des vidéos, des photos, des conversations, des vocaux, que sais-je encore.

Je m'apprête à baisser le rideau de fer, et puis je me ravise. Non. Je veux entendre encore les échos des histoires de la nuit, et profiter des perspectives qui s'ouvrent, tandis que les rayons du soleil commencent à éclairer la place Urbain-IV.

Je vais sortir une des tables – non, laissez, je n'ai pas besoin d'aide. Je suis une forte femme. Une chaise. Deux, si vous avez envie de me rejoindre. Je mets en marche le percolateur. L'odeur qui monte. La lumière du matin sur la ville.

Voilà.

Un café en terrasse.

C'est exactement ce qu'il nous faut.

Vous venez ?

Les coulisses des proches

Jean-Philippe Blondel est professeur d'anglais et écrivain. Il écrit depuis ses 15 ans. Avant d'être publié, l'auteur a reçu 270 lettres de refus, qu'il garde dans son grenier. Il n'a jamais abandonné.

Pour commencer un roman, il attend de trouver le bon pitch, la bonne histoire. Elle tient souvent en une ligne. Puis il s'attelle à l'écriture. Chaque jour, il prend une heure pour écrire et inventer un monde rien qu'à lui. Il noircit deux à trois pages, un casque sur les oreilles. Il choisit une chanson en amont et l'écoute en boucle pendant toute l'écriture du roman.

Pour *Café sans filtre*, il a opté pour « Tom's Diner », de Suzanne Vega, la chanson qui a inspiré le livre. Elle parle d'une femme attablée au fond d'un café, qui fait penser à Chloé. Il lui est arrivé quelque chose mais on ne saura jamais quoi. Pendant des années, l'auteur a essayé de décrypter cette chanson, d'imaginer quel drame avait pu vivre cette personne. Il s'est mis à écrire *Café sans filtre* pour y répondre.

Pour nourrir son écriture, Jean-Philippe Blondel observe. Ses amis, ses élèves, les parents d'élèves, les inconnus dans les cafés. Il les écoute, saisit leurs intonations, leurs mots fétiches, leur façon de bouger, les mots qui dérapent, les expressions du visage. Il imagine leurs vies, leurs rêves, les routes qu'ils ont prises et qui ont tout changé. Il a le don de réaliser des livres qui bouleversent jusqu'au dernier mot.

L'édition originale de ce livre est le fruit du travail
de toute une équipe de passionnés
aux Éditions L'Iconoclaste.

Pour sa sortie dans la Collection Proche,

Vahram Muratyan a conçu la couverture avec
une illustration originale de Charles Berberian et imaginé
la recette idéale pour un plaisir de lecture parfait :
de belles marges blanches, un interlignage finement
étudié et un savant mélange de trois fontes (Heldane Text,
Tiempos Fine et Galano Grotesque).

À la fabrication, Marie Baird-Smith et Maude Sapin
ont travaillé pour obtenir l'objet idéal : un livre souple,
un papier léger et bouffant, une carte de couverture
qui lui permettra de vieillir sur votre étagère sans prendre
une ride.

L'équipe de Soft Office a réalisé la mise en page du texte.
Marie Sanson a relu le livre à la virgule près.

Constance Beccaria, Pierre Bottura, Adèle Leproux
et Clémentine Malgras ont imaginé la communication
et le marketing autour du livre.

Les factures des collaborateurs et les droits d'auteur
sont payés rubis sur l'ongle par l'équipe
de Christelle Lemonnier.

Les représentants de Rue Jacob diffusion, coordonnés
par Élise Lacaze, ainsi que l'équipe d'Interforum,
ont sillonné toutes les librairies françaises,
suisses et belges.

Ce livre est désormais entre vos mains,
prêt à démarrer sa nouvelle vie.

IMPRIM'VERT®

PEFC™
10-31-2541

Certifié PEFC

Ce produit est issu de
forêts gérées
durablement et de
sources contrôlées

www.pefc-france.org

**L'ensemble de cet ouvrage a été réalisé
dans le respect des règles environnementales en vigueur.
Il a été imprimé par un imprimeur certifié Imprim'Vert,
sur du Classic Book PEFC pour l'intérieur et une carte
Metsäboard PEFC pour la couverture.**

**Achevé d'imprimer en France sur les presses
de l'imprimerie Normandie Roto Impression s.a.s.
à Lonrai (Orne) en avril 2023.**

**ISBN : 978-2-493909-23-7
N° d'impression : 2301260
Dépôt légal : Mai 2023**

**En France, un livre a le même prix partout.
C'est le « prix unique du livre » instauré par la loi de 1981 pour protéger le livre et la lecture. L'éditeur fixe librement ce prix et l'imprime sur le livre. Tous les commerçants sont obligés de le respecter. Que vous achetiez votre livre en librairie, dans une grande surface ou en ligne, vous le payez donc au même prix. Avec une carte de fidélité, vous pouvez bénéficier d'une réduction allant jusqu'à 5 % applicable uniquement en magasin (les commandes en ligne expédiées à domicile en sont exclues). Si vous payez moins cher, c'est que le livre est d'occasion.**